日文實境
慣用語

吉原早季子　著

林農凱　　　譯

全書音檔線上聽

Contents

PART 5 動き・態度篇

PART 6 形容篇

慣用句就是這麼貼近生活！
想學會真正道地的日語，
就從本書的慣用句開始吧！

Nao 老師

　　許多同學學日語的動機，除了喜歡去日本旅遊以外，不外乎就是喜歡看日劇或是動漫，想要用日文聽日劇或動漫，感受最「原汁原味」的日文。但是很多同學學日文到後來都有一種挫折感：為什麼學日文學了那麼久，甚至都考過Ｎ１了！還是聽不懂日劇、動漫呢？

　　其實，日劇或動漫的語法本身並不難，大部分落在「Ｎ４～Ｎ３」的難易度而已，有時會有Ｎ２～Ｎ１語法的句子，但佔比例不多。既然台詞本身不難，那為什麼學了那麼久，還是聽不懂台詞呢？關鍵就在於「拆看來都看得懂，組在一起卻看不懂」的「慣用句」！

　　每一個語言都有其慣用的用法，如果不以「句」為單位，只以「詞」為單位去理解，逐字直譯後常常會讓人一頭霧水。比方說：英文裡面有大量的慣用句，照字面逐字翻譯的話，會很奇怪。Nao 老師學英文的時候，最有印象的就是這句「It's none of your business」，當時還不知道英文有慣用句的存在，直接就翻成了「這不是你的商業」，還以為這句是商務英文呢。

　　日文當中也有為數眾多的慣用句，其中有一些從字面上可以推敲出來的。例如：「影子籃球員」（黑子のバスケ）中的黑子哲也，就被形容為「影の薄い選手」，是從「影が薄い」這個慣用語轉變來的，從字面就能猜到是「存在感很低」的意思，所以

標題翻「影子」籃球員，很能貼近原文。

　　不過有的就跟英文慣用句一樣，每個拆開都懂，組合在一起就不懂。像：「腹が立つ」和「へそを曲げる」兩句的單字，一點都不難，但是怎麼樣都想像不到「肚子站起來了」跟「扭肚臍」到底是什麼意思？這兩句至少還能硬翻出奇怪的句子，接下來這兩句「気が回る」和「気が早い」，就算想硬翻，也翻不出所以然。而慣用句在動漫台詞中出現頻率特別高，這句聽不懂就不了解角色想表達什麼了，是不是很令人くやしい（不甘心）呢？明明拆開來都聽得懂啊！

　　以上這些，在本書都有詳盡的解釋；而且比字典更實用的是，每一個慣用句都是以「情境對話」呈現，讓讀者容易融入對話場景，進而了解該句要如何使用。因為慣用句一定要在一個語境之下，才能理解，光靠字典硬背意思，還是無法真正學會慣用句的精髓。書中的每個示範例句，都像在看動漫、日劇一樣真實，用語也十分生活化，學會本書的慣用句後，隔天打開動漫、日劇追劇的時候，說不定就會冒出這句台詞呢！如此學習的成就感，是一般教科書無法比擬的。

　　慣用句就是這麼貼近生活！想學會真正道地的日語，就從本書的慣用句開始吧！

人家為了考試學習，
我們為了生活學習，您一定也可以！

夏輝老師

　　我是夏輝，過去曾為日本首相夫人口譯，在此非常樂意與您一同探討日本背後所暗藏的歷史文化及語言思維！

　　日本是一個內斂的民族，多數人不愛開門見山，語言也是如此。以本書收錄的內容來舉例的話，有一句慣用語叫做「口が軽い」，依照字面可以看出「嘴巴輕飄飄，就如同一張寫著祕密的紙，被風一吹就吹到別人那邊」，意味著「某人口風不緊、容易洩密」；相反地「口が重い」象徵一個人不愛說話、沉默寡言，因為從它的字面可以看出嘴巴太重了而懶得說話……

　　透過有趣的內容及詳實的例句來學習，讀後往往令人印象深刻。本書字裡行間充滿著「實用」兩個字，想起我在第一次閱讀時，心中不時呼喊著「這用得到！……這也用得到！」曾經處理過無數日語影集翻譯的我更能親身感受「這不就是我之前翻過的影片內容嗎？」我想強調的是這本書真的很棒，書中所選的都是在日常生活之中，使用頻率高到破表的慣用句。

　　根據我多年的經驗，學習語言不只是單純為了拿到考過日檢的鑰匙，對我來說學習語言，更是為了拿著這把鑰匙去打開通往語言世界的大門，探索那背後所有的風俗、民情、文化。透過這本聖典，您不但能了解它的背後涵義，同時也能發掘有趣的日本思維。

不瞞您說，我交了許多日本朋友，其中一位變成了現在的老婆，我可以大方告訴您：好好讀這本書，遨遊慣用語的世界，您一定也可以像我一樣，順利攀登日語高峰。

　　－人家為了考試學習，我們為了生活學習，您一定也可以！－

MEMO

性格、
特質、
特徵篇

人家想去夏威夷度假啦！
拜託～好嘛～

灰汁が強い
個性強烈

解説

用來形容一般人難以接受的鮮明特色，或是需要努力才能適應的強烈個性。除了人的個性外，也可形容文章、物品。

會話①

見て！あの服、なんだか面白いデザインね…着こなすのが難しそう…。

你看！那件衣服的設計挺有趣的呢……要穿得好看好像很難……。

あのブランドは一部の人にはかなり人気があるが、灰汁が強くて一般受けしないんだよなぁ。

那個品牌很受部分人士歡迎，但特色實在太強烈，並不受大眾喜愛。

會話②

彼ってなんだか…すごく個性的で、かっこいいんだけど近寄りがたいのよね…

總感覺他……實在很有個性，雖然很帥但不太容易親近……

彼はスタイルもいいし顔も悪くないんだが…少々灰汁が強いファッションセンスだから、僕たち凡人は相手にされないんじゃないかって思うよね。

他身材很好，外表也不錯，就是時尚品味有些奇特，讓人覺得他不會理睬我們這些凡人呢。

NOTE

「こなす」可以寫成「熟す」，意思是「善加活用自己的實力與知識」。將「着る」跟「こなす」合併為一個動詞，即有「將衣服穿得很適合自己、很好看」的意思。

MORE

「灰汁」指的是植物的澀味，或是煮湯時浮在表面的浮沫，時常用來形容不好、糟糕的事物 「灰汁が抜ける」這個慣用語即用來形容人外表或性格上不好的部分消失，變得更成熟穩重，與「垢抜ける」的意思相同。

2 頭が固い

不知變通

解說

「頭」是形容想法、情緒時常用的字。這個慣用語除
了指頑固、堅持己見外,還可以形容腦筋不靈活、想
不太到新點子的人。

會話1

 悪いけど君の意見には同意できないな。僕は僕の
思うままやらせてもらうよ。

很抱歉,我不同意你的意見。我
要照我的方式去做。

 君はいつも人の意見を取り入れない、本当に頭が
固い人間だ。

你總是不聽取別人意見,真的是
很頑固的人。

會話2

 ダメと言ったらダメだ。パパの時代はそんなこと
されなかったんだ!

我說不行就是不行,在爸爸那個
時代不能允許這種事情!

 パパは頭が固いから、今の時代に適応できないの
よ!

爸爸就是因為死腦筋,才沒辦法
適應現在這個時代!

NOTE

「思うまま」有「按自己想法所做」的意
思,也有「思うがまま」的說法 有時也
具有「到自己滿意為止」的意思,因此像
「思うまま買い物した」(買東西買到自
己滿意了)的用法也是 OK 的!

MORE

意思相反的則有「頭が柔らかい」這個慣用
語,用來形容思考靈活柔軟,可視情況做出
變化的人。

3

当たりがいい
待人親切

解説

指待人處事給對方留下良好印象的人。使用「人当たりがいい」這個用法也 OK。「当たり」原本就有「接觸」的意思。另外同樣使用「当たり」的慣用語裡還有表示態度強硬、自大的「当たりが強い」。

會話 ①

 彼って言葉遣いも綺麗だし、物腰も柔らかいし、いい感じですよねぇ。

他用字遣詞很文雅，舉止也很溫和，挺討人喜歡的。

 彼は当たりがいいから、営業に向いているね。お客さんからの評判もいい。

他的態度親切，很適合跑業務。客戶給他的評價也很高。

會話 ②

 あの子はなんだかいつも不機嫌そうだけど、彼女って常に笑顔で感じがいいよね。

那個人臉總是很臭，不過她倒是笑臉常開，給人印象很不錯。

 彼女の人当たりの良さは他の人とは段違いだね。

她隨和程度，是一般人無法比擬的。

NOTE

「物腰が柔らかい」的意思是「態度舉止很有禮貌」或「用對等的態度對待他人」，屬於正面的形容。

MORE

「当たる」還有很多個意思。
1. 碰撞
2. 準確命中
3. 受到光、雨、風等自然作用
4. 在抽獎或抽籤時抽中獎賞
5. 預測、推理成為現實
6. 表演、經商、事業受到許多

客人歡迎而成功
7. 身體受到有害物質影響而受傷、中毒
8. 人面對其他人或各種事物
9. 當面接近人或物進行確認
以上都是「当たる」常見的用法。

4

意気地がない

沒有志氣

解説

指沒有耐力撐過困難與辛勞，或是做事沒辦法堅持到底。「意気地」指的是就算與他人競爭也要完成自己目標的魄力、志氣。使用「意気地」的慣用語還有很多喔。

會話①

 もうだめだ…昨日彼女に意を決して告白したのに、すっぱり断られちゃったよ…

我不行了……昨天下定決心跟她告白，結果被狠狠地甩了……

 一度振られたくらいであきらめるなんて、意気地がないなぁ。

被甩一次就放棄，你也太沒出息了。

會話②

 ええと…だから…いや…その…なんでもない…ごめん…

呃……所以那個……沒有……沒什麼事……抱歉……

 なによ、自分の思ったことをはっきり言えないなんて、この意気地なし！

什麼嘛，連自己心中的話都說不清楚，真是膽小鬼！

NOTE

「意を決する」是「下定決心」或「覺悟」的意思，用在必須鼓起勇氣做出抉擇的場合。

MORE

「意気地がない」是形容詞，若要當成名詞使用也有「意気地なし」的說法。

PART 1 人的性格、特質篇

5

意気地が悪い
いくじ わる

壞心眼

 解説

指喜歡刻意為難對方的個性，還有「意地が悪い」的
用法。「意気地」或「意地」都是指想完成自己目標
的決心。當成名詞使用時有「意地悪」的說法。

會話❶

 彼が困っているって言うのに、あの人笑ってる
よ…嫌な感じ。

他明明說他很煩惱，那個人卻在
笑……真討厭。

人が困っているのを見て笑っているなんて、あの
人も意気地が悪い。

看著別人在煩惱卻嘲笑人家，那
個人真是壞心眼。

會話❷

 さぁね。僕にはわからないな。自分で考えたら？

誰知道呢，我可不曉得這件事。
你自己想想啊？

 わかっているくせにどうして教えてくれないの？
意地悪！

為什麼你明明知道卻不告訴我？
太欺負人了！

MORE

「意地」原意是佛教中指的「心靈的狀態」或「性情」。從前還有「意地が良い」（個性很好）
的說法，不過現在已漸漸不再使用了。

6

押しが強い

難纏、態度頑強

解説

把自己的想法強加他人，不對他人讓步，這裡的「押し」指的是自己的主張。給人一種厚臉皮的印象，不太會用在正面的形容。

會話❶

彼女の押しの強さに負けて、とうとうあの２人付き合うことにしたらしいよ…うまくいくのかな？

他最後輸給她的死纏爛打，兩個人終於決定交往了……他們的戀情真能順利嗎？

彼は気が弱いからなぁ…まぁ意外とうまくいくかもよ。

畢竟他個性比較怯懦……不過說不定會很順利唷。

會話❷

えっママったらこんなに高いお布団買っちゃったの？！

媽媽，妳怎麼買了這麼貴的棉被！？

今日の午後に訪問販売の人が来たんだけど…本当に押しが強くて…負けちゃったのよ。

今天下午有人上門來推銷……真的很難纏，所以我就輸了……

MORE

另外有個「押しも押されもせぬ」的慣用語，這裡的「押し」不是指主張，而是指「不推動誰也不被誰推動，擁有不動如山的地位」。比任何人都有實力，身材姣好、臉蛋可愛的偶像，便可說是「押しも押されもせぬトップアイドル」（無法撼動的頂尖偶像）吧！

7

殻に閉じこもる

性格孤僻

解説

殻的英文是「shell」，這個慣用語形容的就像是貝類躲在殻裡不出，內向、不對他人敞開心胸的模樣。意思相同的說法還有「心の扉を閉じる」或是「心の窓を閉ざす」。

會話①

 彼…全然しゃべらなくなっちゃったね。

他……完全不再跟人說話了。

 彼はあの事件以来、殻に閉じこもってしまったんだ。

他從那次事件以來就封閉了自己的內心。

會話②

 彼女はクラスの中でも、殻に閉じこもりすぎて、ちょっと浮いているんだ。

她即使在班上，都只活在自己的世界裡，所以顯得有點格格不入。

 なんか壁があるって感じだね、確かに。

的確讓我們感覺到有點隔閡呢……

MORE

同樣要形容「與周遭的人關係不融洽」或是「無法打進圈子」，還有以下這些表現：
「壁がある」、「壁を作る」：有隔閡。
「輪に入らない」：擠不進圈子。
「浮いている」、「浮く」：突兀。

⑧ 借りてきた猫

か　　　　　　　　　　　ねこ

假裝老實乖巧

解説

這個慣用語的意思是「跟平常比起來變得很乖巧」。
另外還可以用意思雷同的「內弁慶」來形容平常吵
鬧、耍威風的人到了不同的環境變得安靜老實的樣
子。

うちべんけい

會話①

緊張してるの？借りてきた猫みたいになっちゃっ
て。

你很緊張嗎？怎麼開始裝老實了。

知らない人の前ではいつもこうなの。

在不認識的人面前我總是這樣。

會話②

うちの子、いつもはうるさいくらい元気なんだけ
どねぇ…どうしちゃったのかしら。

我們家孩子平常總是很吵鬧、很
有活力的……這是怎麼了呢。

そりゃ、子供は知らない人の家に来たら緊張し
て、借りてきた猫みたいになっちゃうものよ。

小孩去到不認識的人家中當然會
緊張，變得乖巧老實的。

MORE

另有「犬は人に付き猫は家に付く」這個慣用語，字面意思是狗會跟隨人的生活，但貓卻是適應
家裡等建築物或場所；說得簡單點就是「貓對建築物或場所等環境變化非常敏感」，所以貓被帶
到遠離平常生活居所的地方時，環境遭到改變，就會因為焦慮、緊張而變得一動也不動。

9 気が早い

急性子

不仔細確認馬上付諸行動。「気」在慣用語中多用來表示「心情」或「思考」，這個慣用語的同義詞還有「せっかち」或「性急」。

會話❶

ママ見てごらん、今日思わず子供の洋服買っちゃったんだよ。かわいくてさぁ。

孩子的媽，妳看！今天一不小心就買了孩子的衣服，這實在很可愛呀～

赤ちゃんが生まれるのはまだ半年も先なのに、こんなにおもちゃやお洋服を買うなんて、パパったら気が早いわよ。

離小寶寶出生明明還有半年多，就已經買了這麼多玩具跟衣服，爸爸你還真是急性子呢！

會話❷

まだ最終決定されていないのに喜ぶのは気が早いよ。

都還沒做好最後決定，實在高興得太早了……

…なんでそんな水を差すようなこというんだよ…ぬか喜びになったって、喜べるときに喜びたいんだよ。

幹嘛那樣撥人冷水呢……就算最後是空歡喜一場，該開心的時候還是想開心一點呀！

NOTE

「ぬか喜び」的「ぬか」指的是「米糠」，用在詞語中多帶有「纖細」、「小」、「不可靠」等含意 因此「ぬか喜び」便是「很快就會消失的喜悅」、「空歡喜」的意思

MORE

使用「気」的慣用語竟多達 190 個以上，各自表示了「天生的心靈傾向・特質・個性」、「對事物的許多考量或擔心」、「受到事物影響改變的感情・情緒」、「想做什麼的意念・慾望」等等，有著多種多樣的意思。

10 気が回る・気が利く

き まわ き き

心思細膩

解説

這個慣用語用來形容能妥善關心周圍的人。同義詞還有「気がつく」、「まめまめしい」、「注意が行き届く」等等。

會話 1

おなかが空いたら頭が回らないでしょう。おにぎり作ったから食べなさいね。

肚子餓了就會頭昏眼花吧。我做好飯糰了，快點吃吧！

お母さんって細かいことまできちんと気がついてくれて、本当に気が回るよね。お母さんみたいになりたいよ。

媽媽總是會注意到很多小地方，真的觀察入微呢！我想變得跟媽媽一樣！

會話 2

なんで彼女って合コンでこんなにモテるんだろう…悔しいわ。

為什麼她在聯誼中會這麼受歡迎……真不甘心。

だって、見てみなよ。飲み物がなくなったらすぐ気がついて注文してくれるわ、料理を取り分けてくれるわ、よく気が利くんだもの。そりゃあ男だって気が利かない女よりああいう女がいいに決まってるわよ。

妳看看～她發現別人的杯子空了就會幫忙點新的，料理上桌也會幫忙分給大家，真是機靈細心！比起不貼心的女生，當然男生會比較喜歡那種人啊！

MORE

「気が抜ける」有「飲料的獨特風味或香氣消散掉」的意思。譬如：「このビール、すっかり気が抜けているよ」（這罐啤酒已經完全沒味道了）。

另外也可用在「情緒不再緊繃」的時候。譬如：拚命唸書考完試後，就可說「試験が終わって気が抜けちゃったなぁ」（考完試整個人都打不起勁了）

外面がいい
そと づら

虛有其表

解説

雖然給不了解自己的人留下好印象，但在親人或好友面前會展露出自傲或愛撒嬌的一面。「外面」通常不會用在正面的意思，因此這個慣用語不能當成稱讚的措詞。

會話 1

彼の評判ってどうなの？挨拶程度しか面識がないから、よく知らないんだけど…

他的評價如何呢？我跟他只簡單打過招呼，不太清楚他的為人……

彼は外面はいいけど、身内では評判が悪いんだ。

他和外人的關係很好，但親人給他的評價卻很差。

會話 2

彼の評判うちの妻は外面ばっかりよくて、家では本当にだらしないんだよ…

我太太只知道做表面工夫，在家真的很邋遢……

ええっ！？そんな、信じられないなぁ。あんなに美人で清潔感があって優しそうなのに…

什麼!? 真難相信，明明就是一個看起來乾淨又溫柔的美人啊……

MORE

若指的是「外在的印象」，則可以用「見栄えがする」（外表相當優秀）或「見てくれがいい」（同樣指外表優秀）等慣用語，不過「見てくれがいい」後面多半接續意思負面的句子。
譬如：「あの人は見てくれはいいけど、中身は空っぽで人間としては評価できない」（他的外表不錯，就是胸無點墨，不是值得稱讚的人）等等，多用來形容人內心與外表相比之下，不夠優秀、沒有內在。

12

竹を割ったような

性情直率、真摯

解説

因為竹子可以垂直劈開，所以用像劈竹子一樣來形容坦率、沒辦法做壞事的性格。

會話

ネチネチした女って苦手なんだよなぁ。誰かいい人いない？

不乾脆的女生…真的是我的罩門啊……難道沒有什麼好對象嗎？

彼女は竹を割ったような性格で、とても付き合いやすいよ。

她的個性直率真摯，很容易相處喔！

MORE

使用「竹」的慣用語還有「竹に油を塗る」（在竹子上塗油），因為「非常滑」，所以用來形容口若懸河、伶牙俐齒的人。

此外，日本自古以來不管是遊戲還是生活中都時常用到竹子。譬如：竹馬、竹蜻蜓、釣竿、新年做風箏時的骨架、用來煮飯的器具與食器、流水麵的竹橋等等，至今仍是廣受大眾喜愛的材料。

血の気が多い

血氣方剛

解説

「血の気」比喩情緒在血液中流動的樣子，因此可以用「血の気が多い」來形容情緒起伏激烈，常與人起衝突的性格。雖然這個慣用語有貶義，但意思相似的另一個說法「血気盛んな」則用來形容「朝氣蓬勃、精力旺盛的樣子」。

會話

 まったく…またやってるよあの２人。

真是的……那兩個人還在打。

 お互いに血の気が多くて、いつも掴み合いのケンカばかりしてるんだよなぁ。

那兩個人都很血氣方剛，三不五時就彼此扭打在一起。

MORE

另外介紹幾個使用「血の気」的慣用語

「血の気が引く」、「血の気がうせる」：因恐怖或驚訝而臉色發青的樣子。

「血の気がさす」、「血の気がもどる」：從無精打采的狀態找回活力。

「血で血を洗う」：血債血償　這句話的意思是用殺傷對方來報復對方的攻擊，或形容血親彼此進行流血鬥爭的樣子　用血去洗掉血，只會越洗越髒而已。原本是用暴力打擊暴力，或以惡還惡來報仇等，用來形容以殘酷的方式報復的詞，不過後來將「血」看成「血緣」，因此也衍生出流著同樣血的人（親人）彼此爭鬥的意思。

14

猫を被る

装乖

解説

雖然有時候貓乖巧愛撒嬌，但生氣時卻暴躁無比，又咬又抓。以前的人看到貓這種個性就覺得貓「看起來是很可愛穩重，但內心在想什麼卻不得而知」，因此用這個慣用語形容人裝乖的樣子。另外還有許多慣用語使用貓這種雙面性格喔！

會話

 彼女…なんか変わったね。

她好像有些變了呢。

 入社したときには猫を被っていて大人しかったけど、今では本性を現したんだね。

雖然她剛進公司時裝作文靜乖巧，但現在也終於露出本性了。

MORE

這個慣用語的來源還有另一說：「猫」其實是指「むしろ」（草蓆），而以前會用披上草蓆來比喻「明明知道卻裝不知道」的意思。

此外，使用貓的慣用語非常多，這邊介紹一個由來很有趣的吧！

「猫糞」：據為己有。從貓會用砂子把糞便藏起來的生態，衍生出「偷偷把他人的東西藏起來當成自己的東西」這個意思。例如：「彼女のおかしをねこばばする」（我把她的糖果據為己有了）。

八方美人
はっ ぽう び じん

八面玲瓏

解説

由於用到「美人（びじん）」這個字，使不少人誤解這個慣用語具有褒義，但這個慣用語往往用來形容「喜愛巴結所有人，對任何人都阿諛奉承的諂媚者」；大多數時候都是具有貶義的。

會話❶

 あっちでもこっちでも、都合（つごう）のいいことばかり言（い）うよね、あの子（こ）。

那女生總是四處講些迎合別人的好話。

 彼女（かのじょ）は誰（だれ）にでもいい顔（かお）をする八方美人（はっぽうびじん）だよね。

她是個喜歡四面討好別人的人呢。

會話❷

 あの人（ひと）は愛想（あいそ）がいいだけの八方美人（はっぽうびじん）だから、信用（しんよう）できない。

那個人只是善於應酬、八面玲瓏，我無法信任他。

 え〜、いい人（ひと）だと思（おも）ってたのに、ショック…。

咦，我還以為他是個好人，真讓我震驚。

MORE

這個慣用語其實還有「毫無缺點的美人」這個意思。原本「八方美人（はっぽうびじん）」只有稱讚的意思，但不知何時起卻產生「假裝自己毫無缺點」這樣的貶義。

另外還有「太鼓持（たいこも）ち」這個相似的形容，意思是「對別人阿諛奉承，討對方歡心」，譬如「課長（かちょう）は飲（の）み会（かい）で一生懸命（いっしょうけんめい）、部長（ぶちょう）の太鼓持（たいこも）ちをしていて、回（まわ）りに引（ひ）かれていたよ…」（課長在酒會上拚命拍部長的馬屁，讓周圍的人都退避三舍……）

16

腹がすわる
淡定自若

解説

形容面對事情淡定自若的樣子。另有一個看起來很像的慣用語為「肝がすわる」，不過意思有點不同喔。「腹がすわる」指的是「面對具體的計畫或狀況時抱持決心的狀態」，而「肝がすわる」則是指「人的個性本身冷靜沉著」。

會話

 彼は今回のようなピンチを目の前にしても、**腹がすわっている**なぁ。

就算是遇到像這次一樣的緊急狀況，他也十分沉著冷靜呢。

 まったく動じていないように見えるね。さすがだなぁ。

看起來完全沒有絲毫動搖，真的很了不起吧！

MORE

使用「腹」的慣用語不少，不過有個很像是喜愛健康生活的日本人會想出來的諺語。例如：「腹八分目に医者いらず」（吃飯八分飽，醫生不用找），日本從以前就推崇「八分飽」，認為只要吃到八分飽就不用擔心吃壞肚子，也不用找醫生看病，對健康是最好的！諺語的意思是希望人們不要暴飲暴食，反而傷了身體。

17

懐が深い
（ふところ が ふか い）

寬宏大量

解説

「懐」＝「器量、度量」，用來形容具有包容力，在一起能感到安心的人。其實這個慣用語的語源來自相撲，在過去用來形容「手臂與胸口間的空間很大，不讓對手有機會抓住腰帶施展摔技」。

會話

 あの部長の下で働けるなんて、ラッキーだねぇ。

你能在那位部長下面工作，真是幸運呢！

 そうなんです。部長は、ただ間違いを責めることはしないで、きちんとフォローしてくれる懐が深い人です。一緒に働けて光栄です。

真的～！我們部長不會只糾正錯誤、責備部下，還能好好安慰對方，是個很有氣度的人。能跟他一起工作我覺得很榮幸。

MORE

使用「懐」的慣用語分成兩種：一種用來形容「心」或「度量」；另一種則是形容「金錢」。「懐が深い」的「懐」指的是和服與胸口間的空間，因此「懐」便有放在口袋裡的錢、胸中、內心、與外部隔絕的內側等等多樣的含意。「懐が深い」除了很有錢的意思外，也用來形容心胸開闊、很有包容力。

18

人が悪い
ひと　わる

壊心眼

 解説

用來形容喜歡惡作劇、冷嘲熱諷，或是壞心眼的人。

 會話

あの人また見てるだけで何にもしない
ひと　　　　　　み　　　　　　なに
のね。

那個人又只在旁邊看著，什麼事也不做。

こっちが困っているのにただ見ている
こま　　　　　　　　　　み
だけで手伝ってくれないなんて、本当に
てつだ　　　　　　　　　　　　　ほんとう
人が悪いよね。
ひと　わる

我明明困擾得很，他卻只是在一旁看著都不幫忙，真的很壞心。

MORE

「〜が悪い」的慣用語非常多種，這邊介紹幾個：
わる
「気味が悪い」：感覺有些恐怖，感到噁心。
きみ　わる
「割が悪い」：努力卻沒有得到足夠的回報。
わり　わる
「目覚めが悪い」：回想過去自己的惡劣行為，心裡感到難過。
めざ　　わる

29

へそを<ruby>曲<rt>ま</rt></ruby>げる

鬧彆扭

解説

形容心情不好，不聽他人說的話。語源似乎是來自
「綜麻曲がり」這個說法。綜麻指的是紡織時事先纏
好的麻繩球，若是這個麻繩球纏歪了，就很難順利地
織出麻布，因此才留下了「へそを<ruby>曲<rt>ま</rt></ruby>げる」這個慣用
語。

會話

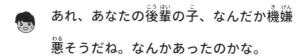

あれ、あなたの<ruby>後輩<rt>こうはい</rt></ruby>の<ruby>子<rt>こ</rt></ruby>、なんだか<ruby>機嫌<rt>きげん</rt></ruby><ruby>悪<rt>わる</rt></ruby>そうだね。なんかあったのかな。

奇怪，你那個後輩好像心情很差。發生什麼了嗎？

それがさぁ…さっき<ruby>後輩<rt>こうはい</rt></ruby>に<ruby>説教<rt>せっきょう</rt></ruby>したら、へそを<ruby>曲<rt>ま</rt></ruby>げられちゃって…<ruby>新人教育<rt>しんじんきょういく</rt></ruby>って<ruby>難<rt>むずか</rt></ruby>しいよね。

我剛剛對後輩說教後，他竟鬧起彆扭了……新人教育真是困難啊。

MORE

在日本，「<ruby>先輩<rt>せんぱい</rt></ruby>／<ruby>後輩<rt>こうはい</rt></ruby>」或是「<ruby>上司<rt>じょうし</rt></ruby>／<ruby>部下<rt>ぶか</rt></ruby>」等彼此的上下關係是非常重要的文化　不論是學生
時期的社團活動還是進入公司工作，整個社會都很重視「上下關係」　這種「看重身分上下關係
的社會」就稱為「縱向社會」。

20

影が薄い
かげ　うす

不起眼

解説

指存在感很低的人。也可以用來形容人無精打采，或是看起來時日無多的樣子。

會話

 うちのお兄ちゃん、いるんだかいないん
だかわかんないくらい影薄いんだよね。

我們家哥哥存在感很弱，都不知道他到底在不在家。

 うちはね、母は怖くて存在感があるんだ
けど、父は影が薄いんだよね。

我們家則是母親很嚴厲，相當有存在感，可是父親存在感很薄弱。

MORE

另外還有不少使用「影」的慣用語或熟語。

「影を潜める」：從顯眼的地方消失蹤影。

「影が射す」：瞥見某人的身影。

「影も形もない」：一切都消失，不留痕跡。

角が取れる

かど　　と

性格圓滑

解説

這個慣用語形容人原本像「角」一樣尖銳刺人，但現
在則變得圓滑許多的樣子。

會話

 最近お父さん、あんまり怒らなくなって
穏やかになったよね。

最近爸爸不太發脾氣，變得
溫和了呢。

 若い頃は厳しくて怖かったけど、お父さ
んも歳をとって大分**角が取れた**なぁ。

他年輕時嚴苛到讓人退避三
舍，不過上了年紀後，待人
處事也變得圓滑許多了。

MORE

另外還有許多用到「角」的慣用語。
「角が立つ」：愛講道理、說話帶刺，損及人際關係。
「角を入れる」：發脾氣而變得刻薄尖銳的樣子。
「角を倒さず」：就算落魄潦倒，也不願放下身段的樣子。

22

気が短い
急性子、沒有耐性

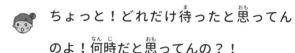

解説

用來形容等不及事物完成，很快就感到煩躁，並催促
他人的個性。

會話 --

ちょっと！どれだけ待ったと思ってん
のよ！何時だと思ってんの？！

你喔！你以為我在這等多久
了！知道現在幾點了嗎！？

ちょっと遅れただけなのにそんなに怒
らないでよ。気が短いなぁ。

才遲到一下下而已，別這麼
生氣嘛，真是急性子。

MORE

將「気が短い」寫成名詞可以用「短気」這個字。
例如：「短気は損気」（性急吃虧），這句話的意思是如果脾氣暴躁，很沒耐性，那麼不僅工作
會不順利，人際關係也容易出問題，到頭來反而自己吃虧。

23

口が重い
沈默寡言

解説

形容不太講話，話不多的樣子。「口」借指「說話」的意思。同樣意思還可以用「口数が少ない」、「滅多に口を開かない」等等來形容。

會話

- 彼…なんか怒ってるの？全然しゃべらないけど…

  他在生氣嗎？他完全都不說話耶……

- 彼は普段から口が重い、寡黙な男なんだよ。

  他平常話就不多，是個沉默寡言的男生。

MORE

「口は災いの元」（不小心說出不對的話而發生糟糕的事。禍從口出）也是常見的慣用語。除了「口」外還可用「舌」來比喻話語，「舌は禍の根」也是同樣的意思。

口が堅い
くち　かた

守口如瓶

解説

這個慣用語常用來形容絕不會說出秘密、值得信任的
人。

會話

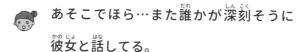

あそこでほら…また誰かが深刻そうに
　　　　　　　　　だれ　　　　しんこく
彼女と話してる。
かのじょ　はな

你看那邊，又有人神情凝重
地找她說話了。

彼女は口が堅いから、皆からよく相談さ
かのじょ　くち　かた　　　　みんな　　　　そうだん
れるんだよ。

因為她守口如瓶，所以大家
喜歡都找她商量。

MORE

若想表達招供認罪、自白則可以用「重い口を開く」這個慣用語。「口を割る」也是相同的意思。
　　　　　　　　　　　　　　　　　おも　くち　ひら　　　　　　　　　くち　わ
另外有「口を割る」這個類似的表現，但這其實是用來形容「被他人強逼開口」，意思等同於
　　くち　わ
「自白する」（自白）、「白状する」（招供）。
じはく　　　　　　　　はくじょう
連續劇中也會聽到警察說「厳しい取調べで、ようやく犯人が口を割ったよ…」（經過嚴格審問，
　　　　　　　　　　　きび　とりしら　　　　　　はんにん　くち　わ
犯人終於招供了……）等台詞呢！

25

口が軽い

大嘴巴

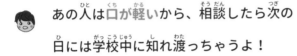

解説

除了輕易洩露秘密這個意思外，也可以形容說話滔滔不絕，語調輕快的樣子。

會話

あの人は口が軽いから、相談したら次の日には学校中に知れ渡っちゃうよ！

那個人口風不緊，如果找他商量，隔天整間學校都會知道！

やだ！本当に皆にしゃべってる！信じられない！

討厭！他真的跟大家說了！難以置信！

MORE

形容很會耍嘴皮子、強詞奪理、口無遮攔的人可用「口が減らない」這個慣用語。另外，同樣意思的還有「減らず口」這個說法。

26

舌^{した}が回^{まわ}る

口齒伶俐

解說

用來形容人話說不停，說話流利不會打結的樣子。

會話

 私^{わたし}の上司^{じょうし}は頭^{あたま}の回転^{かいてん}が速^{はや}くて、よく舌^{した}が回^{まわ}るの。

我的上司腦筋靈活，而且口齒伶俐。

 うらやましいなぁ。私^{わたし}はあんまりすらすら話^{はな}せるタイプじゃないから…。

真羨慕～畢竟我不是那種應答如流的人……

MORE

若想表達「很愛說話、喋喋不休」的意思，另外還有「口^{くち}から生^うまれてきたような」（先從嘴巴生出來）這種表現方式。類似的表現還有「口^{くち}がうまい」，意思是「很會說話，能把別人唬得一愣一愣」。雖然用了「うまい」這個詞，但要小心這句話不是讚賞別人的喔！它形容的是「很會騙人，難以取信」的人。

世間知らず
せ　けん　し

不諳世事

解説

「世間」指的是「人們彼此關聯，一起生活的地方」
せけん
或是「社會上交際或進行活動的範圍」，這個慣用語
用來形容經驗不多，不清楚社會常識的人。有時也用
來形容未經社會磨練，純真或老實的人。

會話

 もう〜そんなに心配しなくて大丈夫
しん　ぱい　　　　　　　　だい　じょう　ぶ
よ！

真是的，不用這麼擔心我
啦！

 君は世間知らずだから、おいしい話に引
きみ　せけんし　　　　　　　　　　はなし　ひ
っかからないように気をつけたほうが
き
いいよ。

因為你不諳世事所以千萬要
小心，不要被一些奇怪的
『好康』給騙了！

MORE

要形容不知世事還有以下說法：
「坊っちゃん育ち」：用來形容男生成長過程中被保護得太好，反而不太知曉人
ぼ　　　　　　そだ
世道理的樣子。
「お嬢様育ち」：這句則是形容女生。與「坊っちゃん育ち」意思相同。
じょうさまそだ　　　　　　　　　　　　　　　ぼ

28

人を食う

目中無人

解説

不把對方當人看，說些厚顏無恥的話或輕視對方。
「食う」有「輕易上當」或是「藐視別人」的意思。

會話

そんな話、バカらしくて信じられないね！

那種事太蠢了，怎麼可能是真的！

真剣に話したのに、本当にいつも人を食ったような態度ばかりするよな、お前は…。

我是說認真的，你卻總是擺出一副目中無人的態度回答我耶……

MORE

同樣使用「人」的表達還有「人を担ぐ」，意思是「用花言巧語奉承對方，讓對方感到愉快」。
另外，還有「足蹴にする」這個說法，意思是「輕視、刻薄對待他人，把別人一腳踢開」；如
「踏みにじる」（踐踏）、「踏みつける」（欺侮）等也都常用於「傷害他人尊嚴，讓對方感到羞愧」
的場合，可以看出跟「足」有關的慣用語多表現出負面的意思。

29

顔が広い

人脈廣闊

 解説

用來形容某人交友廣闊，在各行各業都有人脈。
「顔」可代表「名譽」、「組織」與「表情」等意思。

 會話

彼はどこに行っても知り合いがいるな
あ。

他不管去哪都有認識的人呢！

顔が広いのは、彼の強みだね。

人脈很廣是他的強項。

MORE

除了「顔が広い」之外還有「伝がある」（有門路幫助自己達成目標）、「人脈がある」（與社會上各種人有關聯）等等其他表達方式。「人脈」的意思不是「朋友很多」，而是指「比自己優秀的人看重自己，願意與自己交流」的人際關係。

因此所謂「有人脈的人」——與其說是「朋友多」的人，不如說是大多「跟比自己優秀的人或有影響力的人」來往的人。

30

底が浅い
そこ　あさ

胸無點墨

形容不具器量與實力，膚淺的樣子。反義則有「底が
知れない」（不知限度，深不可測）這個慣用語。

會話

 その質問の答えに関しては…ちょっと
待ってくれ…ええと…

關於這個問題……等我一下……呃……

 はぁ…学者っていうのはもっと深みの
ある人間だと思っていたのに、彼はなん
とも底が浅い人間だったわ。

唉……我原以為學者都一肚子墨水，但他卻是一個胸無點墨的人。

MORE

另外還有許多慣用語用到「底」這個字喔。
「底を叩く」：拿出裡頭所有的東西。全部揭露出來。
「底が割れる」：想隱瞞的事情被揭穿。
「底を突く」：全部用完，變得空空如也。

31

血も涙もない

沒血沒淚

解説

形容完全不體諒他人，做事冷酷的樣子。由於說法比
較誇張、殘酷，所以是語氣比較強的用詞。

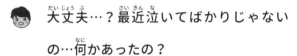

會話

大丈夫…？最近泣いてばかりじゃない
の…何かあったの？

還好嗎……？妳最近都一直
在哭，怎麼了嗎？

彼に血も涙もないような仕打ちをされ
たの…立ち直れないわ…。

他對待我簡直近似無血淚般
地冷酷……我沒辦法重新站
起來了……

MORE

這個慣用語源自「人跟無機物的分別」。人類擁有情感，身體留著血液，悲傷或開心時都會流下
眼淚；面對沒有人類般體貼與寬容的人，使用「沒有血也沒有淚的無機物」來形容了。

人間關係篇

女兒啊，
要幸福快樂喔！

① 足元にも及ばない

望塵莫及

解説

形容對方比自己遠來得優秀，無法比較。與「足」有關的慣用語，多半都帶有貶義。

會話

彼、今月も営業成績トップらしいよ。

他好像又是這個月銷售業績之冠喔！

彼とは同期入社だけど、営業の実力は足元にも及ばないんだ。

雖然和他同期進入公司，但我的銷售實力遠遠不及於他……

NOTE

「足元」、「足下」、「足許」讀音全部相同，但意思有些不同。

「足元」是「站立的腳周圍的地方」，包含從站立處走幾步的距離都算。

「足下」是「站立的腳正下方的地方」，比「足元」的範圍更小。

「足許」是「站立的腳的附近」，比「足元」的範圍再更寬廣一些。

MORE

「足元にも及ばない」的同義詞還有「勝ち目がない」、「勝算がない」或是「太刀打ち」等等。

② 足を引っ張る

扯後腿

指①妨礙他人成功　②成為團體行動的絆腳石。即使並非故意，但不小心妨礙到周遭人們的成功或進展，也可以用這個慣用語形容。

會話

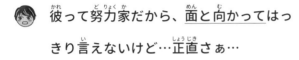

彼って努力家だから、面と向かってはっきり言えないけど…正直さぁ…

因為他很努力，所以真的很難當面對他說清楚，但老實說……

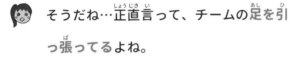

そうだね…正直言って、チームの足を引っ張ってるよね。

是啊……老實說，他扯了團隊的後腿。

NOTE

「面と向かって」（當面）有著「在對方面前」或是「直接向本人」等含意。

MORE

另外也可使用「足手まとい」或「お荷物」來表達「扯後腿的人」。

3

頭が上がらない
抬不起頭

解説

指被對方的權力扳倒，或因某事感到內疚，無法與對方平起平坐的樣子；這個慣用語用在對方立場比較強的時候。雖然還有個「頭が下がる」的說法，不過這句的意思是「佩服對方」。

會話

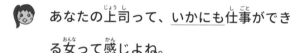

あなたの上司って、いかにも仕事ができる女って感じよね。

妳的上司實在給人一種精明幹練的女強人印象呢。

そうなのよ。彼女には本当にお世話になっていて、頭が上がらないわ。

是呀～我受到她諸多關照，在她面前實在抬不起頭來。

NOTE

「いかにも」（的確、實在）這個副詞有「正是」或「不管怎麼想」等涵義。

MORE

「頭が下がる」可用在商務場合，先記起來，絕對不吃虧！

46

4

馬が合う

氣味相投

解説

騎馬時，馬與騎手之間必須很有默契，因此用來形容彼此關係融洽、投緣。

會話

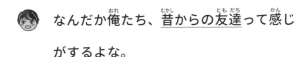

なんだか俺たち、昔からの友達って感じがするよな。

總感覺我們好像是認識很久的朋友了～

そうだよなぁ。会ってまだ間もないけれど、俺たち、とても馬が合うんだよな。

是啊，雖然才剛相見不久，但我們挺意氣相投的！

NOTE

會話中出現的「昔からの友達」（認識很久的朋友），在日本人間會用「連れ」來形容這種關係。「連れ」可以用在「長久以來的好朋友」、「夫妻」、「男女朋友」等各種關係上。

MORE

「心が通う」、「意気投合する」、「肌が合う」以及「水が合う」都是同樣意思的慣用語。

同じ釜の飯を食う

同甘共苦

形容在同一個職場工作或在相同的地方打拼，長時間一起生活，可以同甘共苦的親密關係。

會話

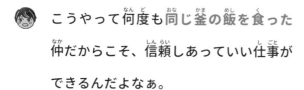

こうやって何度も同じ釜の飯を食った仲だからこそ、信頼しあっていい仕事ができるんだよなぁ。

因為大家都是像這樣吃同一鍋飯的夥伴，所以才能彼此信任，順利完成工作。

そうだな、家族みたいだもんな。

沒錯，就像家人一樣。

MORE

釜是一種煮飯用的金屬鍋具。由於現代多用電子鍋煮飯，所以各位可能難以想像，不過過去在廚房爐灶上都是用釜來煮飯。這個慣用語表達的就是大家用同樣工具烹煮，一起吃飯的親密關係。

6

恩に着せる
おん　　き

施恩望報

 解説

用來形容先特意做出看起來很親切的事，再要求對方
感恩自己的情況。

 會話 -

この間は彼女にすごくお世話になった
あいだ　　　かのじょ　　　　　　　　　せわ

のよ。

> 這陣子受到她很多幫助。

えっそうなの！？あの人は親切を恩に
ひと　　しんせつ　　おん

着せてくるから、私はなるべく関わらな
き　　　　　　　わたし　　　　　　　かか

いようにしているんだ…。

> 是這樣嗎！？那個人喜歡為
> 別人做事再邀功，所以我都
> 盡量不和她來往……

MORE

「着せる」多有身上背負某種負擔的意思。「恩に着る」則是受到他人恩惠，相當感念對方的意思。
き　　　　　　　　　　　　　　　　　　　おん　　き
跟「恩に着せる」意思雷同的還有「貸しを作る」（做人情），意思是「在沒有得到報酬的情況
おん　　き　　　　　　　　　　　　かし　　つく
下給予對方利益」。此外「借りがある」（欠人情）這個表現則有著「感受到恩情」的意思。
　　　　　　　　　　　　　　かり
「足を向けて寝られない」這個慣用語則有著不論什麼時候都無法忘記對方恩情的意思，譬如「あ
あし　　む　　　ね
の人にはとてもお世話になったから、足を向けて寝られないよ」（我受到他非常多照顧，心中
ひと　　　　　　せわ　　　　　　　　　　　あし　　む　　　ね
萬分感激）。

恩を売る

賣人情

期待對方感謝或回報自己，帶著私心為對方做事的意思。

會話

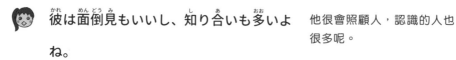

彼は面倒見もいいし、知り合いも多いよね。

他很會照顧人，認識的人也很多呢。

彼は会社内でも顔が広いから、**恩を売っ**ておいて損はないな。

他在公司內的人脈很廣，所以先賣人情給他，不會吃虧！

MORE

同樣用到「恩」的慣用語還有「恩を仇で返す」，意思是「恩將仇報」。另外有個有趣的說法是「一宿一飯の恩義がある」，意思是滴水之恩也絕不會忘記，讓自己住一宿、吃一頓飯，也是莫大的恩情。

8

肩を持つ

偏袒

解説

成為對立雙方其中一方的同伴，偏袒對方的意思。

會話

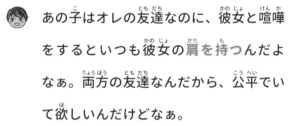 あの子はオレの友達なのに、彼女と喧嘩をするといつも彼女の肩を持つんだよなぁ。両方の友達なんだから、公平でいて欲しいんだけどなぁ。

她明明是我的朋友，可是我跟女友吵架時，她總是會偏袒我女友。既然她是我們兩方共同的朋友，真希望她能公平一點……

いや、そりゃぁ仕方ないだろうよ。女の子は女友達の肩持つだろう、普通。

……這也是沒辦法的事嘛。一般女生都會挺自己的同性友人。

MORE

「肩持ち顔」用來形容「露出好像想偏袒某一方的表情」。「肩入れする」也是意思相同的慣用語，形容偏袒某方、成為某一方的助力。

9 気がおけない．気のおけない

無須客套

解説

「気がおけない」形容「不用對對方客氣，能愉快地相處」，相反地「気をおく」這個表現則用來表達「客氣、覺得緊張」。

會話

 やっぱり、大学からずっと一緒の**気がおけない**仲間との旅行はいいよね。

果然跟大學時期以來交心的夥伴們一起去旅行很棒～！

そうだねぇ、気をつかわなくていいし、何でもわかってる同士だからが楽だよ。

沒錯！既不用顧慮太多，彼此也很了解對方，所以旅行起來，輕鬆愉快～

MORE

由於「気のおけない」是否定形，所以可能給人負面印象，但其實是「不用顧慮他人，相處輕鬆」的意思；相反地，「気のおける」雖是肯定，但卻是「顧慮他人」的意思，因此用在「沒辦法大意，無法鬆懈」的情況。各位要小心，不要用錯囉！

10

そりが合わない

合不來

 解説

「そり」指的是刀的彎曲程度。如果刀的彎曲與刀鞘形狀不合，刀就收不進刀鞘中。這個慣用語形容的是就像刀與刀鞘一樣，彼此間關係不合的樣子。

 會話 --

同じプロジェクトのメンバーだっていうのに、あの2人はどうも嫌な雰囲気だね。

雖然那兩個人都是同一個企劃團隊的成員，但彼此間的氣氛好像沒有很好……

どうしてもそりが合わないって、お互いにこぼしていたよ。

他們彼此坦誠過，就是與對方合不來。

NOTE

「こぼす」（灑出）這個動詞一般意思是「不小心把液體或細緻的顆粒狀物品倒出來」，譬如「グラスに入ったワインをこぼしちゃった！」（不小心把杯子裡的紅酒灑出來了）。不過「こぼす」另有「無法忍耐而把心中的不滿說出來」的意思。

血を分けた
血脈相連

解説

這裡的「血」就如字面意思，指的是血緣關係，用來形容家人或親戚。意思相同的還有「血縁のある」、「血の繋がった」或「血を同じくする」等等。

會話 ①

ママ、だーいすき！

我最愛媽媽了！

血を分けた娘は、本当に目の中に入れても痛くないほどかわいいわ。

流著自己血的女兒真的是可愛得不得了啊～

會話 ②

こんなことで兄弟げんかになるなんて…。

竟因為這種事而兄弟鬩牆……

血を分けた兄弟同士でも、遺産のことでいがみ合うなんて悲しいな。

明明都是留著相同血液的兄弟，可講到繼承的事卻變得爭執不休，真令人感到悲哀。

NOTE

「目の中に入れても痛くない」用來形容「非常疼惜，帶著深深的愛情疼得不得了」的樣子，尤其會用在大人疼小孩上喔！

MORE

「身内」同樣也可以用來表示有血緣關係的親人，不過還可以指關係很好的朋友或職場上的同事。

12 手_てがかかる

費心照料

 解説

指難以在短期內完成的事情，或是必須多費心照料的人。「手_てがかかる」一般用在人身上，而意思類似的「手_て間暇_{ま ひま}がかかる」則多用於事物上。

 會話❶ --

子供_{こ ども}が小_{ちい}さいと何_{なに}かと大変_{たいへん}でしょう…。

孩子年紀還小，應該很辛苦吧……

そうね、本当_{ほんとう}にかわいいけど、まだまだ**手_てがかか**るわね…。

是呀，雖然真的很可愛，但還得細心照料呢……

會話❷

おい、大丈夫_{だいじょう ぶ}か。<u>手_てをかけて</u>完成_{かんせい}させた企_き画_{かく}なのになぁ…。

你還好吧。畢竟這份企劃花費很多工夫才完成的……

社内会議_{しゃないかい ぎ}で即_{そく}ボツになってしまうとは…ショックだよ。

沒想到在公司會議上，立刻就被打槍了……打擊真大。

 NOTE

「手_てがかかる」是「自動詞」，因此這和「個人意志」無關，是指「客觀事實」所呈現出的情形，需要「費心照料」。例2裡的「手_てをかける」則表現了「出自個人意志」而花費時間、氣力去處理某事或照顧某人。

MORE

意思同樣為「必須多費心照料」的慣用語，還有以下幾個：「世話_{せ わ}が焼_やける」、「手数_{て すう}がかかる」、「面倒_{めんどう}がかかる」等等。

13

手が切れる
断絶關係

 解説

用來形容與之前有來往的人斷絕關係。多用在不好的
關係上。

會話

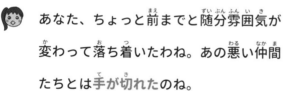

あなた、ちょっと前までと随分雰囲気が
変わって落ち着いたわね。あの悪い仲間
たちとは手が切れたのね。

你跟之前相比氣質差很多，
變得穩重多了！你跟那些惡
黨們斷絕關係了吧。

もちろんよ。いつまでも子供じゃない
し、そろそろしっかりしなきゃって思っ
たの。

當然！我也不是小孩了，覺
得差不多要振作起來了。

MORE

「手が切れる」為自動詞，用於與自我意志無關而彼此的關係自然消解的情況；「手を切る」是
他動詞，當自己決心要結束關係時，則可使用這個「他動詞」。透過以下例句，可以幫助大家更
容易了解喔！

「手が切れる」：思い切ってあのブラック企業を辞めてから、すっかり会社の人間とは手が切
　　　　　　　れた (決心離開從那間黑心企業後，就跟那公司的人斷絕關係了)。

「手を切る」　：まともな人生を送るためにも、昔の悪友とはきちんと手を切ったんだ (為了
　　　　　　　過上平穩的生活，我徹底與以前的壞朋友斷絕關係了)。

14

手（て）が離（はな）れる

卸下責任

解説

指①與自己脫離關係 ②小孩長大，父母無須再照料。
①有著「不再是那個人的所有物，不再照那個人的想
法行動」的涵義。不論人或物都可以使用。

會話①

 あなたのとこの子、すっかり大（おお）きくなったわね
え。

你家的孩子真的長大了呢！

 ええもう、随分（ずいぶん）手（て）が離（はな）れて楽（らく）になった反面（はんめん）、なん
だか寂（さび）しい。

是啊……雖然不再需要我們照顧，
變得輕鬆多了，但也覺得有些寂
寞。

會話②

 最近（さいきん）、仕事（しごと）の方（ほう）はどう？

最近工作如何？

 あのプロジェクトは企画（きかく）こそオレも携（たず）わったけ
ど、あとは後輩（こうはい）に引（ひ）き継（つ）いだからすっかり手（て）が離（はな）
れたんだ。ちょっと時間（じかん）に余裕（よゆう）ができたよ。

雖然我參與了那項專案的企劃，
不過之後交接給後輩，我已經脫
手了。現在有比較多空閒時間。

MORE

「手（て）が離（はな）れる」是自動詞，因此會用在與自我意志無關，事物自然脫離的情況。如果想表達的是，
憑藉自己意思脫離或消滅關係，則使用他動詞的「手（て）を離（はな）す」。

手塩にかける
て　しお

悉心培育

解説

指親自關照，仔細栽培。這個慣用語的語源可追溯至室町時代。古代會用小碟子裝食鹽，驅走食物的不淨之物（據說鹽有驅魔的功效），這個裝鹽的小碟子便稱為「手塩」。後來這些鹽演變為方便個人用來調整味道的調味料，因此衍生為「親自照料」的意思。
て しお

會話

ママ、今日まで大切に育ててくれてありがとう。
きょう　　　　たい せつ　そだ

媽媽，謝謝妳細心養育我到現在。

あなたはいつまでも、ママが手塩にかけて育てた大切な娘よ。幸せになるのよ。
て しお　　そだ　たい せつ　むすめ　しあわ

不管什麼時候，你都是媽媽親手扶養長大，最珍愛的女兒。要過得幸福喔！

MORE

婚禮等場合中，會有個「餞別贈言」的環節，請來賓說些祝福的話。「はなむけ」（餞別）寫成漢字為「餞」或是「贐」，不過以前曾經用過「鼻向け」這個漢字。過去為了祈求出遊的人能夠平安，會在出發時，朝著出遊者乘坐的馬的鼻尖方向祈禱；後來從這項習俗衍生出「馬の鼻向け」這個慣用語，表示為出發旅行的人餞行。
うま　はな む

16

鼻であしらう

噓之以鼻

解說

指冷淡相對,敷衍應對。「鼻」是唯一能感受味道的
器官,判斷人或物品臭或不臭,是日常生活的一大指
標,因此人的情緒可說與「鼻」密切相關。用來表達
心情、情緒的慣用語裡,很常看到「鼻」這個字。

會話

また先生にあしらわれちゃったの?

你又被老師敷衍以對了嗎?

本当に彼は気位が高くて、下の人間の忠
告はいつも鼻であしらうんだよなぁ。

他真的是蠻剛愎自用的,對
下面的人給他的忠告,都噓
之以鼻。

MORE

意思同樣是「不認真看待」或「冷淡應對他人」的慣用語,還有「ぞんざいにあしらう」。「ぞ
んざい」據說是將「存在のまま」簡化的說法,意思是「依照本性任意妄為」,用來表現敷衍隨
性的態度。

17 腹を割る

開誠布公

解説

不再隱藏、把真正的想法與真心話說出來的意思。

會話

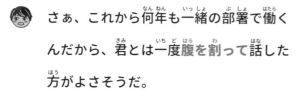

さぁ、これから何年も一緒の部署で働くんだから、君とは一度腹を割って話した方がよさそうだ。

接下來好幾年我們都要在同一個部門工作，所以我覺得先敞開心胸與你聊聊比較好。

た、たしかに、一度本心で全部話し合った方がいいな。

這……這倒是，彼此先聊聊內心話，確實比較好。

MORE

古時候的日本人認為進行思考的不是「頭」而是「肚子」。想將藏有真心的「肚子裡面」露給別人看，就不得不「剖開肚子」，於是這個觀念成了這個慣用語的起源。

18

腫れ物に触るよう
提心吊膽

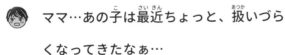

解說

戰戰兢兢地接觸某人或某物。一般是指「心情陰晴不定的人」或「容易損壞的物品」；尤其是針對某人時，也可以用「腫れ物扱い」來形容。

會話

ママ…あの子は最近ちょっと、扱いづらくなってきたなぁ…

孩子的媽，那孩子最近有點難相處呢……

ええ…受験生ですもの…勉強のストレスですぐ爆発するのよ。私たちったら、腫れ物に触るように扱っているわよね、最近。

嗯……畢竟是考生，會因為念書的壓力變得容易發脾氣嘛。我們最近也是提心吊膽地應付他呢。

MORE

面對很難伺候的人，周遭總是得多費心相處。這裡想為大家介紹幾個用來形容「戰戰兢兢、害怕某人」的擬態語：

「オドオド」：客氣、恐懼不安或無法下決心做事的樣子。

「ヒヤヒヤ」：擔心、害怕。

「ビクビク」：總是感到恐懼不安，畏首畏尾的樣子。

19

膝を突き合わせる
促膝長談

解説

表示距離近到彼此膝蓋快要碰到，面對面談話的樣子；
也可以用來形容在彼此開誠布公、仔細對談。

會話

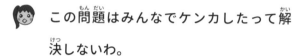 この問題はみんなでケンカしたって解決しないわ。

就算大家吵來吵去也不能解決這個問題啊。

そうだね、グループで膝を突き合わせて話し合って、解決することにしよう。

沒錯！還是彼此分組促膝長談，好好地來解決這個問題吧。

MORE

日本自古以來就有正坐的文化，因此使用「膝」的慣用語，也會搭配不同動作來表達各種意思。
「膝を折る」：屈服於對方，卑躬屈膝。
「膝を乗り出す」：感興趣，興致勃勃的樣子。
「膝を抱く」：①孤獨的樣子 ②請願。

20

額を集める
集體商議

解説

「額を集める」不僅僅只為了把人聚在一起，而是運用於為了「商量」這個目的，才召集群眾的情形。

會話

 生徒たちは、額を集めて文化祭の企画について話し合っていますよ。

現在學生們招集在一起商量校慶的企劃。

 高校最後の文化祭ですからねぇ。私たち教員は黙って見守りましょう。

畢竟是高中最後的校慶了，我們這些教師就默默地守護他們吧。

MORE

「額を寄せ合う」、「顔を寄せ合う」也同樣有「為了商量召集人群」的意思。各位知道如上述為了商討事情而凝聚人群時，可以稱為「会議」或「打ち合わせ」嗎？雖然兩種都是公司內部常用詞彙，但「会議」與「打ち合わせ」之間，卻有著微妙的不同喔。

若按發生順序來解釋可以說成，一開始要不要推動某個計畫必須要開最初的「会議」來討論，而計畫的事前或計畫進行途中，則需召開「打ち合わせ」以便計畫順利實行，到了最終階段還要再召開「会議」。

「打ち合わせ」：工作的事前或中間階段所開的會。

「会議」：在「打ち合わせ」之前或之後所召開的正式會議。

PART 2 人間関係篇

21

火花を散らす

針鋒相對

解説

形容比賽或爭論時，彼此激烈爭鬥的樣子。「火花」
指的是石頭或金屬碰撞所濺出的小火焰，原義是刀劍
激烈互擊到噴出火花的樣子。

會話

さっきの企画会議、大変だったんだって？

聽說剛剛的企劃會議吵得不可開交？

そうなの…先輩と部長が火花を散らしてやりあっちゃって、場の雰囲気最悪だったのよ。

是啊……前輩與部長針鋒相對，整場會議的氣氛糟糕透頂了。

MORE

使用「火」的慣用語還有以下幾個。
「火を吐く」：口氣非常激動的樣子。
「火に油を注ぐ」：讓事態變得更糟。火上加油。

PART

3

気持ち
篇

開^あいた口^{くち}がふさがらない

目瞪口呆

解說

對眼前的狀況或對方的話感到驚訝而想開口說些什麼，但最後卻說不出話的樣子。

會話

ねえねえ…これ、言^いわないでって言^いわれたんだけどね…

喂喂……這件事不是叫我們不要說出去……

言^いわないでって約束^{やくそく}したのに、次^{つぎ}の日^ひにみんなに言^いいふらすなんて開^あいた口^{くち}がふさがらないよ。

明明約好不說出去，隔天自己卻四處聲張，就連我都驚訝得說不出話了。

MORE

想要表達「驚訝得說不出話」時，還可以用「言葉^{ことば}を失^{うしな}う」、「ポカンとする」、「唖然^{あぜん}とする」等等說法。

另外，謠言總是傳得很快，也沒辦法防堵。「人^{ひと}の口^{くち}に戸^とは立^たてられぬ」（人嘴閉不起來）這句諺語，便是形容這種狀態。「立^たてる」是「關閉」的意思，因此這句諺語的意思是「人的嘴巴沒辦法像家裡的門窗一樣關起來」，所以謠言會散播出去，也是無可奈何的。

2

穴があったら入りたい
無地自容

解説

典故來自中國西漢的思想家賈誼所著的《賈子新書》。某位稱為季孫的領主對自己的想法膚淺感到羞恥，於是留下了「使穴可入」（若有洞想鑽進去）的記載。

會話

 どうしたんだ？頭抱えちゃって。

怎麼了？這麼苦惱。

 実は彼女の前で思いっきり転んだんだよ、ついさっき…。本当に穴があったら入りたかったよ。

我剛剛在她面前摔了一跤……如果有洞，我真想躲進去！

MORE

約會時出糗，之後總覺得氣氛尷尬。「ばつが悪い」（難為情）就用來形容這種「尷尬、如坐針氈」的情況喔！

據說這個慣用語源自於將「場都合が悪い」（當場情況很糟）這個說法，把這個慣用語簡化後，就成了「ばつが悪い」；後來則用來形容「保不了面子，氣氛尷尬到想離開那個地方」的樣子；例如：「デート中に元彼に会っちゃって、ばつが悪い思いをしたわ…」（約會時碰見前男友當下尷尬無比）。

合わせる顔がない
あ　　　　かお

沒臉見人

解説

指常愧疚，羞恥得無法看對方的臉。用在對某人做了
錯事，感到罪惡感而無法面對那個人的時候。

會話

 あれ、この瓶、割れちゃったの？
びん　わ

奇怪，這瓶子破了嗎？

 そうなの…せっかく彼に作ってもらっ
かれ　つく

たのに、もらったそばから落として割
お　わ

っちゃって…彼に合わせる顔がないわ
かれ　あ　　　　かお

よ…。

是的……難得請他做了一個
給我，結果才剛拿到就打破
了……真是沒臉見他……

MORE

「申し開きができない」、「顔が立たない」與「面目がない」都是意思相同的慣用語。
もう　ひら　　　　　　　かお　た　　　　　　めんぼく

此外還有「弁解の余地がない」（百口莫辯）的用法。「余地」（餘地）有兩個意思：①是指「多
べんかい　よち　　　　　　　　　　　　よち

餘的土地」，誇張地打比方來說，就是窮人請對方讓自己使用，也會遭到對方拒絕的「無用之地」；

②是指「做事或考慮某事時，有所餘地」的意思。「疑問の余地がない」、「弁解の余地もない」
ぎもん　よち　　　　　べんかい　よち

等等日常會話常用的表現，也就是在指連提出一點疑問或辯解的空間（餘地）都沒有的意思。

4

息が合う
いき　あ

很有默契

 解説

當彼此想法一致，很有默契時就可以用這個慣用語。

會話 --------

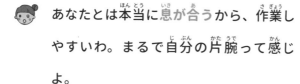

あなたとは本当に息が合うから、作業しやすいわ。まるで自分の片腕って感じよ。

我跟妳默契真好，工作起來很順利，簡直就像我的左右手一樣。

光栄です、先生。私も先生と作業させていただけると楽しいですわ。

謝謝老師，我倍感榮幸。能讓我與老師一起工作，我也覺得很愉快。

MORE

使用「息」的慣用語多半用來表示性命、身體情況或心情。

5

後ろ髪引かれる
うし　がみ　ひ

依依不捨

解説

字面意思是「後方的頭髮被拉住無法前進」，比喻「依依不捨，難以開展未來」的樣子。過去的日本男性為了綁髮髻，也會留長頭髮，因此不論男女頭髮都很長，才產生這樣的形容。

會話

お母さん、後は私たちが何とかしますから、お仕事に行ってください。

媽媽，我們之後會幫忙照顧孩子的，還請您去工作吧。

仕事があるとはいえ、小さい子供を保育園に預けた後は後ろ髪引かれる思いなんです…。先生、後はよろしくお願いします！

雖說有工作，但把幼小的孩子交給托兒所照顧還是感到牽掛……。老師，之後就麻煩您了！

MORE

雖然有許多表達別離心情的語詞，這邊介紹一個很優美的詞「名残惜しい」（依依不捨）。用來形容「別離時很難過」、「心有牽掛」或是「捨不得」。這句話可以表現出別離時刻將近，心中祈求「想多在一起」、「想一起分享更多快樂時光」的心情。

6

現をぬかす
うつつ

沉迷於

 解説

另有一個類似的慣用語「夢か現か幻か」，表示「不
曉得這個狀況是夢、是現實還是幻覺」。這邊的
「現」指的便是現實。「現をぬかす」比喻的即是意
識不清，被某事物迷得神魂顛倒的意思。

 會話

いちにちじゅう　　　　　　　　うつつ
一日中ゲームに現をぬかしてると、成
せい
績が下がるわよ！いい加減勉強しなさ
か　げん　べん　きょう
い！

一整天沉溺在遊戲裡，成績
會掉下來的！快點去給我唸
書！

わかってるよ〜うるさいなぁ母さん
かあ
は〜。

我知道啦〜老媽真嘮叨〜！

MORE

「熱を上げる」、「病みつきになる」以及「夢中になる」都是「集中精神在一件事上，完全不
ねつ　あ　　　　　　や　　　　　　　　　　　　　　む　ちゅう
考慮其他事」的意思，不論褒義還是貶義都可以使用。

7

腕によりをかける

竭盡全力

解説

竭盡全力，想發揮自己的能力。「より」有很多種意思。例如：「更加、更進一步」的副詞「より」，或是「繩索絞纏在一起」的「縒り」以及「可倚賴、依靠」的「拠り」。

會話

今日のディナー楽しみだなぁ。

真期待今天的晚餐～

今日は君の誕生日だからね、**腕によりをかけて**料理を作るつもりだよ。もうちょっと待っててね。

今天是你的生日，我打算拿出真本事製作料理。你再等我一下下喔！

MORE

「よりを戻す」這個慣用語用來表示曾經分手的男女又復合，關係變得更親密的意思。這裡的「より」跟「腕によりをかける」的由來相同。另外「よりを戻す」的同義詞中還有「焼けぼっくいに火がつく」（破鏡重圓），大家不妨記下這個有趣的說法吧！

「焼け木杭」意思是燒乾後的木柴或木棒。「木杭」是「棒杭」產生音變之後的詞。從燒乾後的木柴更容易點火的現象，衍生出男女之間一下子就會點著，有如乾柴烈火的戀愛關係。

8

顔から火が出る
面紅耳赤

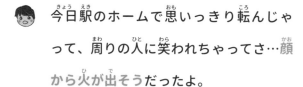

解説

如果是自己私底下犯傻，並不會用這個慣用語，只有
在人前出糗，覺得很丟臉時才使用。

會話

今日駅のホームで思いっきり転んじゃって、周りの人に笑われちゃってさ…顔から火が出そうだったよ。

今天在火車月台上摔倒，周圍的人都笑了出來……害我羞得面紅耳赤。

見てたよ…あれは恥ずかしいわ。気持ちわかるよ。

我看到了……那真的很丟臉，我懂你的心情。

MORE

想表達害羞等心情表現，在臉上還可以用「赤面する」、「頬を赤らめる」、「顔が紅潮する」或「顔が上気する」等慣用語。
害羞地笑起來的模樣可用「はにかむ」這個詞來表示。「はにかむ」原本的意思是「牙齒排列不均」，但漸漸演變成「露出牙齒」的意思，而因為露出牙齒的表情看起來又像「感到害臊而笑」，所以才有了現在形容「看起來很羞赧」的用法。

肩の荷が下りる
かた　に　お

如釋重負

解説

「肩」有著「背負的責任」，「荷」有負荷的含義。
「肩の荷が下りる」也就是把肩膀上的負荷，亦即責
任給卸下來，終於鬆了一口氣的意思。

會話

毎月毎月、本当にこの会社のノルマは厳しいなぁ。

這間公司每個月的業績目標，真的有夠嚴苛的。

まったくだよ。今月もやっと目標のノルマを達成して、ようやく肩の荷が下りたよ…。

對啊，這個月也是好不容易才完成業績目標，終於能卸下重擔了……

MORE

意思相同的還有「胸のつかえが下りる」、「胸をなでおろす」、「すっとする」與「気が楽になる」，可以用來形容「解決讓自己感到不安的事物」。
另外還有一個意思相似的說法是「青天井の気持ち」。「青天井」指的是藍天，把廣袤無垠的藍天比擬成天花板，用來形容心情彷彿寬廣藍天般開闊舒暢。

10

気が引ける
羞慚、畏首畏尾

解説

形容感到羞慚、沒自信。用在覺得自卑而不願引人注目，或是膽怯畏縮的情況。

會話

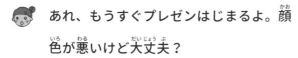

あれ、もうすぐプレゼンはじまるよ。顔色が悪いけど大丈夫？

快要開始做簡報了，你看起來臉色很差，還好嗎？

同僚みんな、自分よりも優秀だからなんだか気が引けてしまうのよね…。

我的同事們都比我優秀，總覺得很羞慚……

MORE

「気が引ける」另外還有「無法下決心繼續前進」或「沒有積極做事的意願」的意思。
「二の足を踏む」也是意思相同的慣用語。「二の足」指的是第二步，整句形容的是雖然跨出了第一步，但始終踏不出第二步，不知道該如何是好的樣子，因此用來比喻「沒辦法下定決心做事」的情況。

肝に銘ずる
きも　　　めい

銘記在心

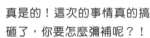

解説

表現自己的強烈決心，譬如：「發誓下次絕對不會失敗」等情況。

會話

まったく！今回のことで本当に大変だったのよ。どうしてくれるの？！

真是的！這次的事情真的搞砸了，你要怎麼彌補呢？！

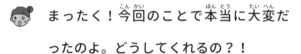
本当に申し訳ありませんでした。今回の失敗を肝に銘じて、二度と繰り返さないようにします。

真是非常抱歉，我會牢牢記住這次失敗，絕不再犯同樣的錯誤。

MORE

以前認為靈魂寄宿在內臟裡。肝作為內臟的總稱，常用來表示精力、毅力等等，因此「肝に銘ずる」可說深深烙印在心中的意思。「銘ずる」意思為「銘刻」，形容把名字等文字刻在金屬或石頭上。

12

気を回す
妄加猜測

解説

用來形容人擔心過度，猜疑多心的樣子。

會話

 母さん、大丈夫だよ。まだ5時じゃないか。心配しすぎだよ。

孩子的媽，沒事的，不才5點而已嗎？妳太擔心了。

 子供の帰りが遅いと、つい気を回して悪いことを考えてしまうのよね。

孩子回家的時間晚了，我就會變得多疑，想到一些不好的事情……

MORE

意思同樣是「考量對方立場做事」的慣用語還有「気遣いをする」、「勘ぐる」（這有懷疑對方的意思）或是「思いを汲み取る」等等。

近來日本常用的還有「忖度する」這個詞，因為讀音困難，大家要多注意喔！

雖然這個詞用來表示「考量他人內心、體貼別人」的意思，不過最近在日本常採用的是「揣測並顧慮上司或長輩心情」這樣的涵義。

煙に巻く
けむ　　　ま

混淆視聽

解說

形容眼見事情不對時，模糊焦點或打馬虎眼的樣子。
使用這個慣用語的重點在於它的意思不是「欺騙」，
只是想「蒙混過去」而已。

會話

 また彼にうまくごまかされたような気
がするんだよなぁ。

總有一種又被他耍得團團轉的感覺。

 彼は弁が立つから、ああやって周りを煙
に巻いて誰にも文句を言わせないんだ
よ。

因為他能言善道，所以可以像那樣蒙蔽他人，讓別人沒機會開口。

MORE

冒煙時看不到周圍的情況，一般人都會手足無措吧。「煙に巻く」形容的就是像這樣不知如何是
好的樣子。其他還有下列這些用到「煙」的慣用語。
「煙となる」：消失得無影無蹤，付諸東流。
「煙を立てる」：（從「以前做飯時爐灶生煙的樣子」衍生而來的）度日子、過生活。
「煙幕を張る」：為了不讓對方了解真相，以話術來含糊其詞。

14

<ruby>心<rt>こころ</rt></ruby>が<ruby>騒<rt>さわ</rt></ruby>ぐ

心慌意亂

解説

用來形容感覺會發生不吉利的事，心中不安慌亂的樣子。

會話

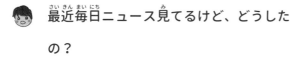

<ruby>最近<rt>さいきん</rt></ruby><ruby>毎日<rt>まいにち</rt></ruby>ニュース<ruby>見<rt>み</rt></ruby>てるけど、どうしたの？

最近妳每天都在看新聞，怎麼了嗎？

<ruby>彼<rt>かれ</rt></ruby>が<ruby>毎日<rt>まいにち</rt></ruby><ruby>通<rt>かよ</rt></ruby>っている<ruby>道<rt>みち</rt></ruby>で<ruby>何<rt>なに</rt></ruby>か<ruby>事故<rt>じこ</rt></ruby>があったというニュースを<ruby>見<rt>み</rt></ruby>て、なんだか<ruby>心<rt>こころ</rt></ruby>が<ruby>騒<rt>さわ</rt></ruby>ぐの。<ruby>心配<rt>しんぱい</rt></ruby>しすぎかしら。

自從我看到他每天經過的路上曾發生事故的新聞，就覺得心慌意亂。是我擔心過頭了嗎……

MORE

「<ruby>心<rt>こころ</rt></ruby>が<ruby>波立<rt>なみだ</rt></ruby>つ」、「<ruby>気持<rt>きも</rt></ruby>ちがざわつく」與「<ruby>胸<rt>むね</rt></ruby>が<ruby>騒<rt>さわ</rt></ruby>ぐ」意思也都相同，表示心慌意亂的樣子。

15

こころ ゆる
心を許す

推心置腹

解説

用在相信對方，毫無戒心地與對方相處，彼此交心的
時候。這裡的「許す」指的是稍微敞開心胸的意思。

會話

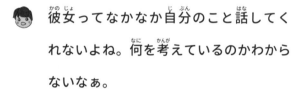

かのじょ　　　　　　　　 じぶん　　　　 はな
彼女ってなかなか自分のこと話してく

　　　　　　　　 なに かんが
れないよね。何を考えているのかわから

ないなぁ。

她很少說自己的事，讓人不
知道她在想些什麼。

かのじょ　　　　　 こころ ゆる　　　 あい て
彼女はよほど心を許した相手じゃなけ

　　　 ぜったい ほんしん い
れば、絶対に本心を言わないんだよ。

若非她推心置腹的對象，否
則她絕對不會說出真心話。

MORE

有個用了相同漢字的形容詞「心許ない」，是「覺得靠不住、很不安」或是「放心不下」的意思。
雖然漢字相同，但要注意語意不同喔。
こころ ゆる
「心を許す」裡的「許す」具有「鬆綁繩子」的涵義。因此出現了鬆綁罪人的繩子──「罪を許す」
つみ ゆる
（赦罪）；公司或家中的防範措施鬆懈──「泥棒の侵入を許す」（讓小偷闖空門）；女性在男
どろぼう しんにゅう ゆる
性面前卸下和服腰帶──「肌を許す」（以身相許）等各種與「許す」有關的表現方式。
はだ ゆる

16

匙を投げる
さじ　な

束手無策

 解説

這裡的「匙」指的是以前用來調藥的湯匙。從醫生不
曉得怎麼診治病患，把湯匙丟掉的樣子，衍生為「放
棄治療、束手無策」的意思。

 會話

えーと…これはどうすればいいんでし　　呃……這個該怎麼做呢？

たっけ？

もう…何回教えればいいわけ〜？！匙　　真是的……到底要我教你幾
　　　なんかいおし　　　　　　　　　さじ

を投げたくなったわ〜。　　　　　　　　次呢!?我真的束手無策了！
な

MORE

鎌倉時代，「匙」這種器具隨著茶道普及，後來便將喝茶用的湯匙稱為「茶匙」，然後又慢慢轉
　　　　　　　さじ　　　　　　　　　　　　　　　　　　　　　　　　　　　　　　　　　さじ

變為「さじ」。在此之前，平安時代的湯匙為貝殼的形狀，因此稱為「かい」。

17

舌を巻く

した　　ま

瞠目結舌

解説

用來形容感到非常驚訝，相當佩服對方、瞠目結舌的
樣子。

會話

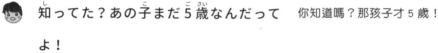

知ってた？あの子まだ５歳なんだって
よ！

你知道嗎？那孩子才５歲！

えっ、あんなに小さいのに、こんなに難
しい曲をピアノで弾くなんて…まった
く舌を巻くよ。

年紀還這麼小，就能用鋼琴
彈奏這麼困難的曲子……實
在令人嘖嘖稱奇。

MORE

這個說法一般認為源自中國漢代的書籍中所記載的「舌卷」這個詞。「舌卷」指的是舌頭往裡面
捲起來的狀態，而這樣子是沒辦法說話的，借此「比喻人驚訝得說不出話」。

18

心血を注ぐ
しん けつ そそ

嘔心瀝血

解説

不惜任何代價，全神貫注地進行某一件事情的樣子。

會話 -

今回の学会ではなんとしてもこの薬を
こん かい　　　がっ かい　　　　　　　　　　　　　　　　　　　くすり
認めてもらわなきゃな。
みと

在這次學會上，我們一定要讓世人認同這款藥的功效。

僕たちはこの薬の開発に心血を注いで
ぼく　　　　　　　くすり　かいはつ　しんけつ　そそ
きたんだ。がんばろう。

我們傾盡全力開發了這款藥品，接下來繼續努力吧！

MORE

「全力を傾ける」、「死力を注ぐ」與「全身全霊を捧げる」也都是「為了目的全力以赴」的意思。
ぜんりょく かたむ　　　　　し りょく そそ　　　　　　ぜんしんぜんれい　ささ
此外，偶爾會看見有些人使用「心血を傾ける」這種錯誤的用法，正確的用法應該是看起來很相
　　　　　　　　　　　　　　　　　しんけつ かたむ
似的「精魂を傾ける」（全神貫注）。「心血」包含了「精神」與「肉體」兩方面，而「精魂」
せいこん かたむ　　　　　　　　　　　しんけつ　　　　　　　　　　　　　　　　　　　　せいこん
僅表示了「精神」，因此「心血を注ぐ」會給人更拚命、更努力的印象。
　　　　　　　　　　しんけつ そそ

19

<ruby>前<rt>ぜん</rt></ruby><ruby>後<rt>ご</rt></ruby>を<ruby>忘<rt>わす</rt></ruby>れる

失去判斷，不分東西南北

解説

形容因為激動或喝醉，導致無法判斷事情好壞，不曉得自己處在什麼狀況。

會話

 おたくの<ruby>旦那<rt>だんな</rt></ruby>さん、<ruby>昨日<rt>きのう</rt></ruby>もお<ruby>仕事<rt>しごと</rt></ruby>お<ruby>休<rt>やす</rt></ruby>みしたんですって？

聽說你們家先生昨天也請假沒去工作？

 ええ…うちの<ruby>夫<rt>おっと</rt></ruby>、ギャンブルに<ruby>前後<rt>ぜんご</rt></ruby>を<ruby>忘<rt>わす</rt></ruby>れてのめりこんでしまったみたいで…。<ruby>子供<rt>こども</rt></ruby>たちに<ruby>見向<rt>みむ</rt></ruby>きもしないし、<ruby>困<rt>こま</rt></ruby>ったわ…。

是的……我丈夫好像不顧一切地投身在賭博中，對小孩連看都不看一眼，真令人傷腦筋……

MORE

「ギャンブル」（賭博）在日語中還可以說成「<ruby>博<rt>ばく</rt></ruby><ruby>打<rt>ち</rt></ruby>」或「<ruby>賭<rt>と</rt></ruby><ruby>博<rt>ばく</rt></ruby>」。「<ruby>博<rt>ばく</rt></ruby><ruby>打<rt>ち</rt></ruby>」的「<ruby>博<rt>ばく</rt></ruby>」指的是雙六或用到骰子的遊戲，也有賭上金錢的含意。「打」則是源自「<ruby>打<rt>う</rt></ruby>つ」這個可表示打賭的動詞。

20

血が騒ぐ

心情激動

心中雀躍激動，沉不住氣的樣子。

會話 -

 早く早く、もう祭囃子が聞こえてきた
わ。

快點快點，可以聽到祭典的
樂音囉！

 夏になると、祭り好きの血が騒ぐなぁ。

一到了夏天，喜愛祭典的人
就沉不住氣了～

MORE

意思差不多的慣用語還有「居ても立ってもいられない」、「気がはやる」與「ウズウズする」
等等。

夏天的時候，從遠方聽到祭典時演奏的音樂，總讓人雀躍不已呢。「祭囃子」（祭典音樂）是日
本夏天的風物詩。舉辦祭典的時候，在神轎的後面會跟著山車或樂車，並演奏著音樂。這些音樂
與吆喝聲，都是為了迎接神明的到來。

21

旋毛を曲げる・旋毛曲がり

つむじ　ま　つむじ　ま

彆扭、耍脾氣

解説

「旋毛」意思是髮旋。每個人的髮旋方向與位置都不同，而以前的人相信「智慧」與「人格」可以改變髮旋的方向、位置。從這種傳言裡，產生了「旋毛曲がり」這個「形容性格乖僻」的慣用語。

會話

 いまから勉強しようと思ってたのに…お兄ちゃんがやれっていうからやる気なくしたもん。

我本來想開始唸書的，可是哥哥一叫我唸，我就沒幹勁去唸了……

 旋毛を曲げるなよ…悪かったよ、応援するから宿題がんばりな。

不要鬧彆扭嘛……抱歉啦，我為妳加油，妳快點寫功課吧。

 MORE

髮旋有順時針跟逆時針的差別。據說逆時針的人比順時針還少，而有逆時針的人多比較古怪的說法。另外一般來說大多數人髮旋只有一個，但一小部分的人有多個髮旋，通常認為這些人可能是天才或是註定成功的人。

22

熱りが冷める
ほとぼ さ

熱度散去

解説

「ほとぼり」漢字可寫成「熱り」或「余熱」，意思是對社會的關心、高昂的情緒、興奮的餘韻或留下的餘熱等等。「餘熱」原本也寫成「火通り」或「火点り」，說的是蠟燭火燒完後、或是爐灶煮完東西留下的餘熱；後來「熱」衍生為人的情緒或是對社會的關注，並用「冷卻與否」來形容餘熱是否還留著。

會話

 今回はいい記事が書けましたよ。あの俳優のスキャンダルを独占スクープですからねぇ。

這次的報導寫得很好！畢竟是獨家爆料那位演員的緋聞嘛。

 熱りが冷めるまであの女優はホテル暮らしするらしいですよ。続報も書きたいし、女優側のコメントも欲しいから、次はホテルの玄関で出待ちですかね。

聽說在鋒頭過去前，那位女演員好像都要住在飯店裡。我還想繼續寫她的報導，也需要她的回應，所以接下來就在飯店玄關堵她吧。

MORE

藝人醜聞中最多的就是「不倫戀」……其實日本建立現代一夫一妻制是在明治 31 年，比想像中更晚，在此之前的男女關係似乎比較寬鬆。不過在一夫一妻制確立後的很長一段時間中，已婚男性就算與未婚女性不倫戀，也不太會受到批判，感覺很不公平呢！到了現在，不論男女都會受到嚴厲抨擊了。

熱に浮かされる

ねつ　　う

①狂熱沉迷　②（發燒）神智不清

解説

「熱」的意思一般是「灼熱」、「拼命做一件事」、「熱中」或是「能量的流動」；「浮かされる」則有「高燒意識不清」、「被事物奪去心神、沉迷不已」以及「激動得睡不著」等意思。因此兩個詞語結合在一起，就有「熱衷於某件事而沉迷不已」或是「高燒不退而變得意識不清」的意思。

會話①

大丈夫…？なかなか熱が下がらないわねぇ。

還好嗎……？燒好像沒什麼退呢。

せっかくの連休だったのに、インフルエンザで熱に浮かされてるなんて最悪だよ…。

難得的連續假期卻因流感而發了高燒，真是夠了……

會話②

今年はサッカーワールドカップで、大勢の人がサッカー熱に浮かされてるって感じだね。

今年有世界杯足球賽，感覺許多人都因此沉浸其中。

本気で長年ファンやってる俺からすると、にわかファンばっかりであんまり気分よくないんだよなぁ。

從死忠球迷的我來看，出現一堆一日球迷，讓我覺得不太愉快啊。

NOTE

會話中的「にわか」來自日文古語的「俄か」，意思是「一時的」、「突然」，譬如「にわか雨」（陣雨）等。最近常用的「にわかファン」（一日球迷）指的是平常明明沒興趣，只是因為大家都在聊，所以才一時成為球迷的人。

24

根に持つ

懷恨在心

解説

感到憤恨，一直忘不掉。「根」指的是「心裡深處」。

會話

 あっ…ひさしぶり〜。元気だった？

好久不見〜你過得好嗎？

 気安く話しかけないで。小学生のときの
ことだけど、いじめられたことをずっと
根に持っているんだから。

別隨便向我搭話！雖然已經
是小學時候的事，但我還是
對被霸凌這件事懷恨不已。

MORE

「恨みを募らせる」與「恨みを抱く」也都是相同意思。

「募る」這個字有「壓抑住的事物越來越強烈」的涵義，因此不論是情緒還是狀態、正面還是負
面都可以使用這個字，譬如「愛しさが募る」（越感憐愛）、「不満が募る」（越來越不滿）；
另外也有「寒さが募る」（越來越冷）這種表現方式。

音を上げる

ね　　あ

輕言放棄、說喪氣話

解説

輕易就放棄、認輸。

「音」這個漢字一般讀成「おと」，但像「弱音」則
念成「ね」。「上げる」則有很多意思，其中「音を
上げる」是指「声を出す」（發出聲音），意思是
「弱音を言う」（說喪氣話）。動詞不使用「出す」，
而是使用「上げる」，以加強詞語裡蘊含的情緒。

會話

 待って、ちょっと休憩させて…。
ま　　　　　　　　　きゅうけい

等等，讓我休息一下⋯⋯。

 もうっ！こんなことで音を上げていた
おと　あ
ら、これから先が思いやられるよ。
さき　おも

真是的！才因為這點事就說
喪氣話，前途堪憂啊。

MORE

「音」這個字是指事字，組合點與線來指涉用圖畫難以表現的狀態。「立」表現的是有把手的刀
おと
刃形狀，「口」則是嘴巴的形狀，帶有「說」的意思。然後口再加一條線的形狀象徵「從樂器或
金、石、草木發出來的聲音」，於是成了「音」這個字。
おと

26

のどが鳴る

垂涎三尺

 解説

看到好吃的東西，突然產生食慾。

 會話

👧 わぁ～おいしそう！思わずのどが鳴るほどだわ！

哇～看起來真好吃，令人垂涎三尺呢！

👦 ふふっ。ちょっと待ってね、今スープを分けるから食べましょう。

呵呵，等一下喔，我現在把湯分裝到碗裡，我們一起吃吧！

MORE

來看看幾個與「のど」有關的擬聲擬態語吧！

「のどがカラカラだよ」：喉嚨乾了（「カラカラ」形容乾渴的樣子）。

「冷たいビールをごくごく飲みたい」：想大口大口地喝冰啤酒（「ごくごく」形容喝東西的聲音）。

のどから手が出る

極度渇望

解説

形容想要得不得了。

會話

 ねえ知ってる？あのブランド、新作のバッグが出たのよ。

妳知道嗎？那個牌子出了新包包喔。

 知ってる〜。昨日早速お店に見に行っちゃったの。**のどから手が出る**ほど欲しいよ…。

我知道～！我昨天馬上就去店裡看過了，實在是想要得不得了啊……

MORE

這個慣用語的語源是「飢餓狀態」。人在飢餓狀態下也就不管羞恥心了，只想要「快點吃」、「快點喝」，連湯匙、筷子甚至手都不用，像動物一樣直接用嘴巴吃東西了。「のどから手が出る」就是形容這種狀態。而到了現在，「想快點吃快點喝」就轉變成「想要的不得了，難以忍受」的意思。另一個則是「喉嚨有種會伸出手的妖怪」。自古以來為了告誡孩童，常會用這類幽靈或妖怪的故事來嚇唬他們。

28

<ruby>歯<rt>は</rt></ruby>が<ruby>浮<rt>う</rt></ruby>く

肉麻反胃、作嘔

指對輕佻的言行感到不愉快。吃到酸溜溜的食物或聽到刺耳的聲音時，會有種牙齒酸酸、不舒服的感覺吧。這個慣用語就是用來比喻聽到輕佻或裝模作樣的話時那種不愉快感。

 會話 ------------------------

 ねえ<ruby>聞<rt>き</rt></ruby>いたよ〜！とうとう<ruby>彼<rt>かれ</rt></ruby>にプロポーズされたんでしょ？！

我聽說囉〜！他終於向妳求婚啦？！

うん…そうなんだけど、<ruby>実<rt>じつ</rt></ruby>は…プロポーズのとき、<ruby>彼<rt>かれ</rt></ruby>に<ruby>歯<rt>は</rt></ruby>の<ruby>浮<rt>う</rt></ruby>くようなセリフを<ruby>言<rt>い</rt></ruby>われて、<ruby>嬉<rt>うれ</rt></ruby>しいというよりちょっと<ruby>引<rt>ひ</rt></ruby>いちゃったんだよね。

是沒錯……不過他求婚時說了些肉麻的話，別說是高興了，反而還讓我有些退避三舍。

MORE

這句話的關鍵在於「不協調感」。譬如吃酸的東西時「牙齒癢癢的」，或咬緊牙齒時「有點酸痛的感覺」。以前的人用「<ruby>歯<rt>は</rt></ruby>が<ruby>浮<rt>う</rt></ruby>く」來表達這些感覺。「<ruby>浮<rt>う</rt></ruby>く」這種說法總覺得很有趣呢！

29

<ruby>鼻<rt>はな</rt></ruby>が<ruby>高<rt>たか</rt></ruby>い

得意自豪

 解說

覺得自豪，感到驕傲。除了用來表示自己的心情，也
能形容讓你感到驕傲的親友。

 會話

ママ、<ruby>見<rt>み</rt></ruby>て！<ruby>優勝<rt>ゆうしょう</rt></ruby>したよ！

媽媽妳看！我得到冠軍了！

ピアノの<ruby>練習<rt>れんしゅう</rt></ruby>、とってもがんばったもん
ね。<ruby>素晴<rt>すば</rt></ruby>らしい<ruby>娘<rt>むすめ</rt></ruby>をもって、ママは<ruby>鼻<rt>はな</rt></ruby>が
<ruby>高<rt>たか</rt></ruby>いわ。

因為妳很努力地練習彈鋼琴
呀。我有這麼棒的女兒，真
令我感到驕傲！

MORE

據說這個慣用語的典故來自「<ruby>天狗<rt>てんぐ</rt></ruby>」這種妖怪。天狗是種住在深山，面部紅通通且鼻子高挺，手
持葉團扇，腳穿超高木屐的妖怪。天狗原本是修行佛法的山伏或僧侶，但因為傲慢而墮入魔界，
因此有著喜愛誇耀知識、好管閒事教導人類的形象。天狗「鼻子高挺」的樣子，也就被用來比喻
「自滿、洋洋得意」。

30

鼻につく
感到厭惡

解説

厭惡。是負面的形容。

會話

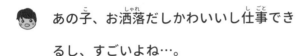

👦 あの子、お洒落だしかわいいし仕事できるし、すごいよね…。

那女生很時髦又很可愛，工作也做得不錯，真厲害……。

👧 僻みだってわかってるけど、私、あの人のやることなすこと全て鼻につくんだよね。一緒にいたくない。

我知道我很乖僻，但那個人所做所為全部都很惹人厭，我一點也不想與她為伍。

MORE

「鼻につく」的典故來自「討厭的味道留在鼻子裡」的樣子，後來漸漸衍生出「越來越討厭」、「感到煩膩」以及「對他人行為感到厭煩」的意思。
「気障ったらしい」（惹人厭）與「嫌味ったらしい」（說話帶刺）也是意思相似的表現，不過「～たらしい」這個用法強調了「刻意做出那樣的感覺」的意思，譬如「貧乏」可改成「貧乏ったらしい」（窮酸樣），或是「にくい」改成「にくったらしい」（令人討厭）。

31

腹が立つ
はら　　た

生氣

解説

「腹」自古以來便用來表示心情或情緒，而「立つ」
はら　　　　　　　　　　　　　　　　　　　　　　　た
則有「情緒激昂」的意思，因此合起來便是「肚子裡
的情緒激動難耐」的意思。

會話

 いやいや、なんでそんなに怒ってんの？
　　　　　　　　　　　　　　　　　おこ
意味わかんない。
い み

不不，妳為什麼這麼生氣？
我不懂耶。

そういう軽率な発言が、本当に腹が立つ
　　　　けいそつ　はつげん　　　　ほんとう　はら　た
のよ。もっと言葉選べないの？！
　　　　　　ことば えら

你那種輕率的發言，真令我
感到憤怒。說話前沒想過更
好的說法嗎？！

MORE

除了使用「腹」的各種表現外，也讓我們一起看看用了「おへそ」的諺語及慣用語吧。
　　　　　はら
「臍で茶を沸かす」：比喻荒誕不經或讓人笑破肚皮的事。
へそ　ちゃ　わ
「臍繰り」：偷偷存起來的錢。私房錢。
へそく
「臍を固める」：下定決心、做好覺悟
ほぞ かた
「臍の緒を引き摺る」：臍帶明明該在剛出生時剪斷，卻沒剪掉而垂地拖著。藉以用來形容跟剛
へそ お ひ ず
　　　　　　　　　　出生時一樣沒什麼進步。

32

腹<ruby>腹<rt>はら</rt></ruby>に<ruby>据<rt>す</rt></ruby>えかねる

忍無可忍

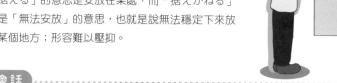

解説

「据える」的意思是安放在某處，而「据えかねる」
則是「無法安放」的意思，也就是說無法穩定下來放
在某個地方；形容難以壓抑。

會話

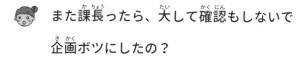

また課長ったら、大して確認もしないで企画ボツにしたの？

課長又來了……又沒好好確認過，就駁回企劃了嗎？

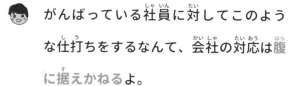

がんばっている社員に対してこのような仕打ちをするなんて、会社の対応は腹に据えかねるよ。

這樣子對待努力求好的員工……我對公司的處理方式，相當不高興！

MORE

「怒り心頭になる」也是「無法壓抑情緒」的意思，這個表現頗為有趣吧！它的意思是「從內心開始感到憤怒」。以前的人認為「怒氣」從心出發，最後會到達頭部，因此用來形容「相當生氣」的慣用語中，才會有「腹が立つ」（古人認為心存在於腹部）或是「頭にくる」（直衝腦門）等說法。

33

<ruby>耳<rt>みみ</rt></ruby>が<ruby>痛<rt>いた</rt></ruby>い

感到刺耳；忠言逆耳

解説

用來形容他人的指正或怨言，適切中肯，很難繼續聽下去。

會話

 わかる？<ruby>私<rt>わたし</rt></ruby>はあなたのためを<ruby>思<rt>おも</rt></ruby>って<ruby>言<rt>い</rt></ruby>ってるのよ？

你懂嗎？我是為了你才這麼說的喔？

 はい…<ruby>先輩<rt>せんぱい</rt></ruby>の<ruby>言<rt>い</rt></ruby>うとおりで、<ruby>耳<rt>みみ</rt></ruby>が<ruby>痛<rt>いた</rt></ruby>いです。すみません…。

是的……前輩說得沒錯，著實令我感到刺耳。真是非常抱歉……。

MORE

「<ruby>耳<rt>みみ</rt></ruby>が<ruby>痛<rt>いた</rt></ruby>い」其實不是真的形容耳朵會痛，而欲表達出「對方指正自己的弱點」時「聽起來難受到感覺耳朵會痛」的意思。

「<ruby>図星<rt>ずぼし</rt></ruby>」也是「忠告、抱怨非常貼切」的意思。「<ruby>図星<rt>ずぼし</rt></ruby>」原指「標靶中心的黑點」，瞄準黑點射箭，也就有著往要害或目標射的含意，最後衍生為想法或指正準確地切中要點的意思。

34

耳_{みみ}にたこができる

聽膩

解説

「たこ」不是說海裡的章魚，而是指皮膚長期受到摩擦與壓迫，變得又硬又厚的繭，漢字寫為「胼胝」。所以慣用語形容的是「不斷聽到一樣的話，耳朵都長出繭來的樣子」。

會話

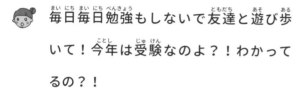

毎日毎日勉強もしないで友達と遊び歩いて！今年は受験なのよ？！わかってるの？！

每天不唸書只知道跟朋友四處玩！妳今年要考試了耶!?妳知道嗎？！

ママ…毎日毎日もう…わかったよ～…耳にたこができそう～！

媽媽每天只會叫我念書……我知道了啦，我都已經聽膩了啦～！

MORE

「辟易する」同樣可以表示「不斷被煩擾而無法忍受的樣子」。「辟易」出自中國的《史記》，「辟」為退避，「易」則是改變的意思，結合起來「辟易」本指「退避道路，改變地方」的意思，最後引申為「害怕對手而逃走」。在日本也使用「逃跑」、「畏縮」等涵義，表現出對他人束手無策的狀態，因此「辟易」也有「閉口する」（默不作聲、受不了）的意思。

35

胸がすく

痛快舒暢

 解説

心中的負面情緒因為某件事徹底消散，心情變得舒暢
的時候，就可以使用這個慣用語。

會話 --

昨日のプロ野球の試合見たか？！

你看昨天的棒球比賽了嗎？！

見たよ～！最近ストレス溜まるような嫌なことばっかりだったけど、あの逆転のホームランで、まさに胸がすく思いだったよ～！

看了～！最近壓力大，全是討厭的事情，所以看到那支逆轉全壘打時，真是令人感到痛快無比啊～！

MORE

介紹幾個類似的詞彙吧！
「人心地つく」：脫離不安、煩憂後清新舒暢的感覺。
「安堵する」：解決擔心的事感到放心。

36

胸をなでおろす
鬆了一口氣

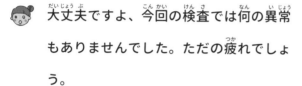

解説

形容解決掛心的事，沒有引起問題而鬆一口氣的樣子。

會話

大丈夫ですよ、今回の検査では何の異常もありませんでした。ただの疲れでしょう。

沒問題的，這次檢查沒發現任何異常，應該只是疲勞而已。

先生にそういってもらえて胸をなでおろしました。しばらく仕事を休んでしっかりと身体を休めます。

醫生這麼說就讓我鬆一口氣了，我會暫時停下工作休息一陣子。

MORE

雖然鬆一口氣時常用「安心」與「安堵」這兩個字來形容，不過其實這兩個字的意思不太相同。
從「胸をなでおろす」的會話內容來看，「安堵」一詞更貼近語境！
「安心」：沒有掛念的事，心情沉著穩定的樣子。
「安堵」：不安或讓人擔心的事消解了，從緊張狀態獲得解放。

37 目が眩む
目眩神迷，失去理性

解説

「くらむ」漢字寫成「眩む」，意思是眼睛看不到，或眼前一片漆黑，無法正確做出判斷。因此這個慣用語即是形容「沉迷到看不清周遭」的模樣。

會話

彼、最近すっかり変わっちゃったね。

他最近徹底變了一個人。

宝くじで高額当選したらしいよ。お金に目が眩んで、友達を失ったね。

他似乎中了高額的獎金，所以被金錢蒙蔽雙眼，甚至失去最好的朋友了。

MORE

「目が眩む」也可說成「目眩く」，不過這裡的意思主要是「事物太棒而感到目眩神迷、失去理性」。如果想要表達某事物非常棒的時候，也可用「ため息がでるような」表現方式。「ため息」（嘆氣）不只是困擾或疲累時才會產生，看到值得讚賞的東西，也會讚嘆不已吧！此外用到「息」的慣用語還有很多，這邊就簡單為大家介紹幾個吧。

「青息吐息」：感到非常困惑而無精打采的嘆氣，長吁短嘆。

「息急く」：氣喘吁吁。形容匆忙行動的樣子。

「息の根」：性命。

PART 4

仕事篇

啊！是前輩來了！
今天的他看起來
也好酷喔！！

1

あごで使う
頤指氣使

解説

用輕視對方的態度要求對方遵從自己的意思，高傲地
像在命令他人的感覺。

會話

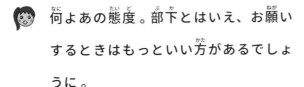

何よあの態度。部下とはいえ、お願い
するときはもっといい方があるでしょ
うに。

> 那什麼態度嘛。雖說我是部下，但要拜託我做事也有好一點的說法吧⋯⋯

あの上司はいつも人をあごで使うから
本当に嫌になっちゃう。

> 那位上司總是頤指氣使，真令人討厭！

MORE

意思同樣是「傲慢、擺架子」的成語還有「夜郎自大」，形容人不自量力，對同伴吹牛。典故來
自中國漢朝最強盛時，一個名叫「夜郎」的小國。有次漢帝為了與印度結成邦交，想確保交通途
徑，因此派遣使者前往夜郎國。據載當時夜郎的國王自豪地詢問使者「我的國家很大吧！漢與夜
郎哪個更大？」可見國王並不曉得漢帝國的強大。之後便以「夜郎自大」來形容「自己覺得自己
很偉大，擺出高傲的態度。」

2

足が出る

超出預算

 解説

表示花費了比當初預估更多的錢，產生赤字。

 會話

👧 お客様、こちらの商品は 30 万円でございます。

客人，您要的這商品是 30 萬日圓。

🧑 マジか…彼女へのプレゼントに指輪を買おうとバイトをしたのに、思ったよりも随分高くて足が出てしまったな…。

真的假的……我本打算打工買戒指送給女友當禮物，但戒指比想像中更貴，超出我的預算了……

MORE

這個慣用語據說源自金錢「奔走在世界各地」的觀念，衍生出用「お足」來形容錢的說法。另一種說法是做和服時，若不事先估算好預算與尺寸，下擺就會變短，並露出腳來，而衍生出「無法在預算內做好事情」的意思。

足元に火がつく
あし もと ひ

火燒眉毛

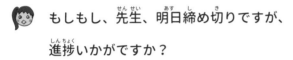

解説

形容被危險或糟糕的事態逼到走投無路的樣子。

會話

👧 もしもし、先生、明日締め切りですが、
せん せい あす し き
進捗いかがですか？
しんちょく

喂，老師，截稿日就是明天了，您的進度如何呢？

🧑 はい…すみません、締め切りが明日に迫
し き あした せま
ってはじめて、足元に火がついたって感
あし もと ひ かん
じで…いま一生懸命やってます…。
いっしょうけんめい

是……不好意思……到了明天截稿日，我才有迫在眉睫的感覺……我現在正拼命趕工中……

MORE

用來表達「危機、狀況緊急」的慣用語還有很多個，以下就介紹幾個！

「一触即発」：形容稍微碰一下就爆炸的狀態，表示事態非常緊急，星星之火可能帶來巨大危險。
いっしょくそくはつ

「危急存亡」：意思是危險關頭將臨，處在生死存亡之際。「危急」指的是危險即將來到，「存
ききゅうそんぼう
亡」則是指生或死的緊要關頭。
そん ぼう

「九死一生」：雖然歷經極為危險的事情，但奇蹟般地倖存。「九死」意思是十中有九的機率可
きゅう し いっしょう
能會死，形容危險至極的情況。「一生」的意思則是十中有一的機率可能存活。
いっしょう

4

汗水たらす
拼命工作

解説

形容工作到汗流浹背，不辭勞苦的樣子。

會話

そろそろマイホーム建てたいわねぇ。

我差不多想蓋間房子了。

そうだなぁ。**汗水たらして**働いて、頑張って貯金していこう。

說的也是，那我們就拼命工作，努力多存一些錢吧。

MORE

使用「汗」的慣用語還有很多，這邊就介紹幾個吧！
「汗の結晶」：辛苦努力所得到的收獲，汗水結晶。
「汗を入れる」：休息一下（以「擦擦汗」表達「休息一下」之意）。
「冷や汗をかく」：形容感到緊張害怕，捏一把冷汗。
除了「汗水たらす」之外還可以使用「汗水流す」、「額に汗する」或是「流れる汗も厭わず」
等其他說法。

5

<ruby>油<rt>あぶら</rt></ruby>を<ruby>売<rt>う</rt></ruby>る

混水摸魚

解説

用來表示工作時，摸魚打混，或是閒聊浪費時間。

會話

 あれ、お<ruby>兄<rt>にい</ruby></ruby>ちゃんまだ<ruby>帰<rt>かえ</rt></ruby>ってこないの？

奇怪，哥哥還沒回來嗎？

 そうなのよ…30<ruby>分<rt>ぷん</rt></ruby>も<ruby>前<rt>まえ</rt></ruby>に<ruby>彼<rt>かれ</rt></ruby>に<ruby>牛乳<rt>ぎゅうにゅう</rt></ruby>を<ruby>買<rt>か</rt></ruby>ってくるように<ruby>頼<rt>たの</rt></ruby>んだのにまだ<ruby>帰<rt>かえ</rt></ruby>ってこない…もう、どこで<ruby>油<rt>あぶら</rt></ruby>を<ruby>売<rt>う</rt></ruby>っているんだろう！

對啊……30 分鐘前我已經拜託他去買牛奶了，可是到現在還沒回來……到底是在哪裡摸魚啊！

MORE

這個慣用語源自江戶時代的賣油商。江戶時代賣髮油的商人常與女性顧客閒話家常，可是把油倒進客人拿來的容器需要花費不少時間，所以話就越聊越久，最後誕生這句慣用語……看起來一開始並不是刻意偷懶才閒聊的呢。

6

油をしぼる
あぶら

嚴厲責備

 解説

形容非常嚴厲地訓誡，或譴責對方的失敗。

 會話

😮 今回はまた随分とやらかしたねぇ…。
　　こん かい　　　　　 ずい ぶん

你這次真的又搞砸了啊……

😟 はい…今回の失敗に関しては、先輩から
　　　　 こん かい　しっ ぱい　 かん　　　　　 せん ぱい

こってり油をしぼられました…。
　　　　 あぶら

是的……關於這次失敗，我可是被前輩教訓得體無完膚呢……

MORE

過去想從油菜籽或山茶花果實等榨油時，會採用壓扁擠油的方式。這個慣用語在江戶時代有勉強賺取財產或利益，或是勞煩他人工作，最後再收割一切利益的意思。

7

息がかかる
いき

有人撐腰

解説

形容與上層的人有關係，受到那個人的影響或支配。
彼此間有裙帶關係，親近到有如在身邊吐息。往往帶
有貶義。

會話

しいっ…そんなことこんなところで話
しちゃダメよ。この会社ではいたるとこ
ろに社長の息がかかった社員がいるん
だよ。だから発言には気をつけたほうが
いいわ…。

嘘……不可以在這裡講這些
話。這間公司裡到處都是有
社長撐腰的員工，所以你最
好小心自己的發言……

えっそうなんだ…知らなかった。気をつ
けるよ。

是這樣啊……我都不知道，
我以後會小心。

MORE

「息がかかる」帶有被比自己更上層的人限制行動的語感。另外還有一些意思相近的單字，如
「服従する」、「服する」、「言いなりになる」或是「屈従する」等等。

8

息を入れる・一息入れる

稍作休息

解説

「息を抜く」也有相同意思，都是「形容集中精神做事後，稍作休息的樣子。」

會話

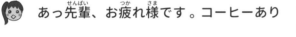

あっ先輩、お疲れ様です。コーヒーありがとうございます！

前輩辛苦了，謝謝您的咖啡！

おう！そろそろ一息入れて、午後の作業に備えよう！

沒什麼！差不多該喘口氣後，再準備午後的工作了！

MORE

這個慣用語也是很有名的賽馬用語，表示「馬在比賽途中降低速度，保留最後衝刺的體力。」「一服する」與「中休みする」也同樣是「稍作休息」的意思。雖然一般來說「一服」指的是「抽根菸」，不過在部分地區「たばこ」可當作「休息」的意思使用。

111

9

息を殺す
いき　ころ

屏住氣息

解説

用來形容屏住氣息，不發出任何聲響，悄悄行動的樣子。

會話

今日は静かでいい日だなぁ〜。
きょう　しず　　　ひ

今天真安靜，是個好日子〜。

ひひひ…息を殺してドアの影に隠れていることも知らないで…呑気なヤツだ。驚かしてやろう。
いき　ころ　　　　　　かげ　かく
し　　　　　　　のん　き
おど

嘻嘻嘻，他還不知道我屏住氣息，躲在門的後面……真是悠哉的傢伙，來嚇嚇他吧！

MORE

意思相同的還有「息を潜める」、「息を凝らす」與「息を詰める」。
いき　ひそ　　　　　いき　こ　　　　　いき　つ

10 異彩を放つ
大放異彩

解説

形容因為非常優秀，所以顯得特別突出、顯眼的樣子。

會話 -

 彼女って…なんか普通の人とオーラが違うわよね。

她的氣場跟其他一般人都不一樣。

 そうね…彼女の容姿もさることながら、歌声も群を抜いていて、人の中では異彩を放っているわね。

沒錯……她不只擁有美貌，歌聲更是超群，因此在新人中大放異彩。

MORE

「異彩」（不凡、顯眼的鮮豔色彩）指的是與周圍不同的模樣，與其他人比起來特別突出，帶有褒義。「放つ」意思是放出光、聲音、氣味，譬如「大声を放つ」或「芳香を放つ」等等。

板につく
いた

得心應手

習慣了工作，態度、舉止、服裝等等表現出應有的樣子。

會話

最近はスーツも着慣れてきたよ。

最近西裝也穿習慣了。

入社したてのころはなんだか借り物を着ているみたいだったけれど、最近はスーツ姿も板についてきたね。

你剛進公司時，穿起西裝總有種像穿別人衣服的感覺，不過最近看起來也挺有架式的了。

MORE

這個慣用語源自「舞台劇」。「板」指的是舞台，「つく」是適合的意思；原指老經驗的演員其演技能與整個舞台融為一體，後來演變成現在的意思。

不過要注意的是，雖然「様になる」這個說法跟「につく」的意思相像，但有些不一樣。「板につく」指的是透過一次次的經驗、成果及不斷地努力，終於獲得了扎實的技術，然而「様になる」形容表面上看起來像有了架勢，卻沒有實質內涵，「虛有其表」而已。

12

<ruby>一<rt>いっ</rt></ruby><ruby>線<rt>せん</rt></ruby>を<ruby>画<rt>かく</rt></ruby>す

劃清界線

解説

「<ruby>一線<rt>いっせん</rt></ruby>」即是指分界線，「<ruby>画<rt>かく</rt></ruby>す」則是劃線、分清事物或是訂立計畫的意思。換句話說就是「劃出一條分界線，清楚區分事物」的意思。

會話

さぁさぁお<ruby>客様<rt>きゃくさま</rt></ruby>！<ruby>今回<rt>こんかい</rt></ruby>、<ruby>新発売<rt>しんはつばい</rt></ruby>の<ruby>洗濯機<rt>せんたくき</rt></ruby>は、<ruby>従来<rt>じゅうらい</rt></ruby>の<ruby>洗濯機<rt>せんたくき</rt></ruby>とは<ruby>一線<rt>いっせん</rt></ruby>を<ruby>画<rt>かく</rt></ruby>すものでして、<ruby>新機能<rt>しんきのう</rt></ruby>がたくさんありますよ～！

大家來看看喔！這次新推出的洗衣機與過去的機種全然不同，附加許多新功能喔～！

MORE

「<ruby>一線<rt>いっせん</rt></ruby>を<ruby>画<rt>かく</rt></ruby>す」就是與周遭做出明顯的區別。譬如對有才能的人可以說「あの<ruby>人<rt>ひと</rt></ruby>はとても<ruby>実力<rt>じつりょく</rt></ruby>があって、<ruby>周<rt>まわ</rt></ruby>りとは<ruby>一線<rt>いっせん</rt></ruby>を<ruby>画<rt>かく</rt></ruby>す<ruby>存在<rt>そんざい</rt></ruby>だ」（那個人很有實力，與周遭的人截然不同）。

那麼對有才華的人還有什麼表達方式呢？一起來看看各種不同的諺語吧！

「<ruby>能<rt>のう</rt></ruby>ある<ruby>鷹<rt>たか</rt></ruby>は<ruby>爪<rt>つめ</rt></ruby><ruby>隠<rt>かく</rt></ruby>す」：有能的老鷹藏起爪子。有實力的人不會四處炫耀、誇示自己的能力。

「<ruby>一<rt>いち</rt></ruby>を<ruby>聞<rt>き</rt></ruby>いて<ruby>十<rt>じゅう</rt></ruby>を<ruby>知<rt>し</rt></ruby>る」：聞一知十。頭腦好的人，只要聽到一點點，就能理解整體概念。

「<ruby>名馬<rt>めいば</rt></ruby>に<ruby>癖<rt>くせ</rt></ruby>あり」：名馬總有個性。人類與馬相同，非常有才華的人，通常也擁有鮮明的性格。

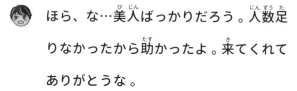

13

いっぱい食わす

欺騙他人

解説

指欺騙他人。至於輕易聽信他人傳言而上當受騙的
人，則可以說成「いっぱい食わされた」。

會話

ほら、な…美人ばっかりだろう。人数足
りなかったから助かったよ。来てくれて
ありがとうな。

你看……大家都很漂亮吧。
人數不夠，你能來真是幫了
大忙，謝謝你啊。

おい…今夜の合コンは美人ばっかりっ
て聞いてたぞ…いっぱい食わされた。

喂……原本聽說今晚的聯誼
都是正妹……真是被騙得團
團轉啊。

MORE

另外有個同類的慣用語「裏をかく」，意思是「看穿對方計謀反將一軍」。
典故來自古代日本的戰爭。戰爭中雖然有鎧甲與盾牌保護身體，可一旦大意就會被對方的刀刺穿
鎧甲。「鎧甲」可說是保護身體的對策，因此「貫穿鎧甲」也就等於打破對方的計策；後來就用
「（鎧の）裏をかく」這句話來形容「趁對方露出破綻時下手」，這裡的「裏」指的就是鎧甲或
盾牌的內側。

14

糸を引く
いと　　ひ

暗中操縱

形容在背後指使、操縱他人。大多數時候都具有貶
義。

 あの事件もやっと解決したらしいよ。よ
　　じけん　　　　　かいけつ

かったね。

那個事件好像終於解決了，
太好了！

私は、あの事件、誰か大物が裏で糸を引
わたし　　　　じけん　だれ　おおもの　うら　いと　ひ

いているような気がするんだ。こんなに
　　　　　　　　き

簡単に解決するなんておかしいわ。
かんたん　かいけつ

我總感覺這次事件背後有大
人物在幕後操作。能這麼輕
易解決實在太奇怪了。

這個慣用語源自操偶師傅在客人看不到的幕後用線操弄人偶的模樣。
「裏から手を回す」或是「黑幕が動く」的意思也相同。「黑幕」這個用法源自舞台劇中使用的
うら　て　まわ　　　　　　くろまく　うご　　　　　　　　くろまく
黑色簾幕，如歌舞伎在轉換場景或處在黑夜場景時，就會用到黑色簾幕；「黑幕」一詞便從「暗
くろまく
中操控舞台」的涵義，演變成意指「在背地裡操縱的人」。

色をつける
いろ

讓價、給贈品

解説

表示打折或是贈送小獎品、禮金等等。

會話

あら、この洗濯機いいわねぇ。でもちょっとお値段が…。

哎呀，這台洗衣機不錯，不過價格有點……。

奥様、この商品は展示品なので、お買い上げの際には色をつけさせていただきますよ。

太太，由於這款商品為展示品，所以您購買時，我會給您一點折扣的啦！

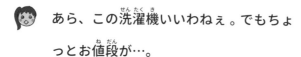

MORE

「色」指的是「溫柔」，因此這個慣用語運用於「事物」時，便指針對某事物「添加了人情」的意思。
順便一提還有許多用到顏色的表達方式，這邊就介紹四個與顏色有關的諺語。
「隣の芝生は青い」：鄰居家的草皮看起來就是比自己家的更綠、更漂亮。
　　　　　　　　　　形容別人的事物看起來總是比較好。
「朱に交われば赤くなる」：不論好壞，人都會隨著接觸的對象與環境改變。
　　　　　　　　　　　　　「近朱者赤，近墨者黑」之意。
「白を切る」：明明知道，卻裝作不知道。
「どこの烏も黒さは変わらぬ」：天下烏鴉一般黑；意思是不論去到哪裡，都沒有新奇事物，到
　　　　　　　　　　　　　　　處都差不多。形容不論什麼國家，人的本質都是相同的。

16

うだつが上がらない

無法出人頭地

解説

形容自始至終被上層壓住，沒辦法出人頭地，無法變成有錢人或得到好的待遇。

會話

👧 先輩また残業してるよ…。毎日毎日大変そうだなぁ。

前輩還在加班……每天都這樣實在很辛苦。

👦 あの先輩はもう10年もこの会社で汗水たらしてがんばっているが、一向にうだつが上がらないんだよなぁ。

那位前輩在這間公司辛苦耕耘10年之久，但始終沒有受到提拔。

MORE

這句慣用語的來源有幾個說法，這邊介紹其中一個。安裝在房屋柱子上方支撐屋頂的「梁」（橫樑）以及屋頂骨架中位於最高處的木材「棟木」，這兩者間的短柱就是「うだつ」（漢字可寫為「卯建」）。想裝上漂亮的「卯建」需要很多錢，因此越富裕的家庭，「卯建」就越美，用來展現自己的財力。後來「うだつが上がらない」便借指「不太富有」的意思。

119

17

腕が上がる

實力、技術進步

解説

形容拼命練習，技術比以前更加進步。

會話

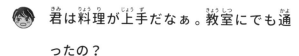

君は料理が上手だなぁ。教室にでも通ったの？

你的料理做得真好吃，有去上烹飪教室嗎？

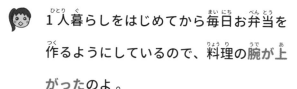

1人暮らしをはじめてから毎日お弁当を作るようにしているので、料理の腕が上がったのよ。

因為我開始獨居後每天都自己做便當，所以做菜的手藝也進步了。

MORE

「腕」自古以來就用來比喻「技術」或「實力」。「上がる」表示進步或熟練等意思。由於「腕が上がる」是自動詞，因此進步本身並非目的，只是行為的結果，剛好讓實力有所進步。例如：「子供がクッキーが好きだからよく作っていたら、だんだん腕が上がったのよね」（因為小孩子喜歡吃餅乾，我才常常做，沒想到做餅乾的本領卻越來越好了）。

另外，「腕を上げる」是「他動詞」，因此想要表達「努力練習而進步」的時候，則可以運用「腕を上げる」。例如：「彼、最初はゴルフなんて全然できなかったけど、毎週末練習しに行って、腕を上げたみたいだよ」（雖然他一開始完全不會打高爾夫球，但他每個週末都去練習，現在打球技術大有提升）。

18

うまい汁を吸う
不勞而獲

解説

形容不做任何努力，便狡猾地把利益收進手中。一般為貶義。

會話

 彼女、今度はあの大企業の御曹司と付き合ってるらしいわよ。

聽說她與那間大企業的社長兒子結婚了。

 お金目当てだってことが見え見えよね。金持ちと結婚して、玉の輿にのって、うまい汁を吸おうとしているのよ。

誰都看得出來她的目標是為了錢。她就是想跟有錢人結婚，嫁入豪門，過上不勞而獲的人生。

MORE

「うまい」帶有「事態對自己有利」的意思。

意思相同的還有「濡れ手で粟」，表示「不費工夫就獲得大量錢財」。「粟」指的是小米，整句形容的是比起乾手，用沾濕的手去抓小米時，會有更多的小米黏在手上；最後便衍生出「就算不怎麼努力，也能獲取許多成果」的意思。

19

顔に泥を塗る
讓人臉上無光

解説

形容讓對方沒面子。面子便包含了名譽、立場等等，
只要是損及對方名譽或立場的時候都可以使用這個
慣用語。

會話

いいかい、君を信頼してこの仕事を任せ
たんだから、私の顔に泥を塗るようなこ
とをするんじゃないよ。

聽好了，我是信任你，才把
這份工作交給你，別讓我臉
上無光！

は、はい…肝に銘じます。

好、好的……我會謹記在
心。

MORE

這個慣用語將「糟糕的言行」比喻成「泥」，表達「做了讓對方身陷不利處境的舉動，給對方丟
臉的樣子」。
「煮え湯を飲まされる」也是類似的慣用語，意思為「遭信賴的人背叛而面臨慘事」。「煮え
湯」是滾燙的熱水，這句慣用語表現的情景，便是「對方告訴你水可以喝，喝下去，才發現自己
喝下的水十分地燙口」的樣子。

20

肩を並べる

並駕齊驅

解説

形容擁有與對方相等的能力，站上與對方對等的立場。

會話

今思えば辛い練習にもよく耐えたよなぁ俺たち。

現在想來，我們竟然能撐過這麼辛苦的訓練。

その血のにじむような練習のかいあって、俺たちのチームはトップレベルのチームと肩を並べるようになったんじゃないか。

不過也因為我們隊伍費盡心血練習，才終於得償所願，與頂尖隊伍並駕齊驅了不是嗎？

MORE

意思相同的表達方式還有「横に並ぶ」、「匹敵する」、「後れを取らない」與「比肩」。

用到「肩」的慣用語還有很多，這裡先為大家介紹兩個：

「肩を落とす」：形容雙手無力而垂下的樣子；表示非常沮喪。

「肩を入れる」：特別偏袒某人。跟「肩をもつ」的意思相同。

21

株が上がる
かぶ　　あ

評價上升

 解説

用來形容在團體或組織裡的地位、身分與評價變好。

 會話

- -

おめでとう〜！！　　　　　　　　　　恭喜〜！！

君が大きな契約を取ってきてくれたお　　多虧你簽下那份大案子，我
きみ　おお　　けいやく　と

かげで、うちの部署の株が上がったよ。　們部門的評價也水漲船高
　　　　　ぶしょ　かぶ　あ　　　　　　　了。

MORE

江戶時代，工商業者的同業工會稱為「株仲間」。株仲間的株在今日指的是市場獨占等營業上的
かぶ　なかま

特權。能加入株仲間的商人人數有所限制，因此只有特定業者可以掌握地位與利益，一旦被排除
在外，想搶下特權就是非常困難的事。後來株的意思變得更廣泛，除了特權、地位外，凡是可獨
占的事物或技術都用株來形容。因此產生了「お株を奪う」（模仿別人拿手好戲）或「株が上が
かぶ　うば　　　　　　　　　　　　　　　　かぶ　あ

る」（個人評價上升）等慣用語。

124

22 機が熟す
き じゅく

時機成熟

解説

形容達到最好的狀態、最佳時機，可以著手進行某事。

會話

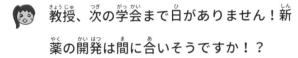

教授、次の学会まで日がありません！新薬の開発は間に合いそうですか！？

教授，距離下次學會已經沒剩多少時間了！新藥開發還來得及嗎!?

いや…まだだ。この研究を発表するには、まだ機が熟していない。

不，還不行。發表這份研究的時機尚未成熟。

MORE

意思類似的慣用語還有「満を持する」、「時が満ちる」與「頃合いが整う」。
來看看這句裡「熟」這個漢字吧。這個字的上半部「孰」據說表現的是烹飪器具與手上拿著東西的樣子。而因為烹飪需要用火，所以下面加上「灬」這個部首。「孰」字即有「烹煮」的意思，加上「灬」就成了煮得更滾爛的「熟」字了。

23

自腹を切る
じ　ばら　　き

自掏腰包

解説

形容支付本來不需要自己負擔的金錢。

會話

お会計、12000円になりまーす。

總計是 12000 日圓。

高い…仕方ない…ここの飲み代は経費で落とせないだろうから、**自腹を切る**しかない…。

好貴……沒辦法了，這裡的酒錢應該沒辦法報公帳，那就只好自掏腰包吧……

MORE

據說典故來自「剖開自己肚子＝切腹」。切腹是種親自負起責任的行為，後來便衍生為「用自己的錢來付款」。順帶一提，「可以自由使用的錢」或「手頭的錢」在日本有時稱為「ポケットマネー」（pocket money）。雖然原本是英語，但現在已經是日本常用的外來語了。

24

私服を肥やす
しふくをこやす

中飽私囊

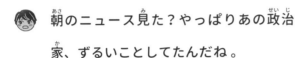

解説

利用自己的公共立場謀取私利，負面意思濃厚。

會話

😠 朝のニュース見た？やっぱりあの政治家、ずるいことしてたんだね。

早上的新聞看了嗎？那位政治家果然在做些不法勾當。

😮 政治活動費を悪用して、私服を肥やしていたなんて、こんなニュースが出たらもう政治家生命も終わりね。

那位政治家濫用政治活動費，中飽私囊。既然爆出這種醜聞，他的政治生涯也結束了。

MORE

以前會將錢包放進「懐」（胸口內側）中，當錢越來越多，上半身看起來也就來越臃腫，從而衍生出這個慣用語。若想表達「自私地利用、犧牲他人並獲得利益」的負面意思時，可用「食い物にする」、「餌食にする」或「カモにする」等說法。
其中「カモにする」（騙冤大頭）最為不可思議。譬如把不會賭博的人視為目標，徹底將對方的錢財榨乾的行為就是「カモにする」。當然，成為目標的對象就是「カモ」啦！「カモ」指的是野鴨。野鴨具有遷徙、群體行動的習性，因此獵人會等鴨群回歸的時候一網打盡。因為野鴨比較不那麼機靈，能輕易捕獲，因此便將賭博時可以蒙騙的對象比喻成「野鴨」。

25 太鼓判を押す
打包票

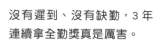

解説

用來形容保證某人或某物絕對很優秀，值得信賴。

會話

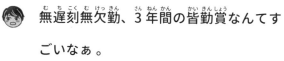

無遅刻無欠勤、３年間の皆勤賞なんてすごいなぁ。

沒有遲到、沒有缺勤，３年連續拿全勤獎真是厲害。

彼はお医者さんに**太鼓判を押される**ほど元気で健康なんだって。見習わないとね。

聽說醫生拍胸脯保證他很健康、有活力。我們也要多學學他。

MORE

「太鼓判」是戰國時期武田信玄所構思的「一種保證金幣價值的壓紋」，印有太鼓判壓紋的金幣，表示其價值具有可信度，於是衍生為「保證價值」的意思。

另外，有句非常相似的「お墨付きを与える」，意思是「具權力或權威的人做出的許可或保證」。所謂的「お墨付き」，是室町時代及江戶時代的將軍或大名要賞賜家臣土地（領地）時所發行的證明書。證明書上有著以墨所畫、稱作「花押」的署名，所以後世便以「お墨付き」來形容有權威的人所做的保證。

（26）

手が空く

有空閒

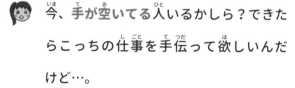

解説

忙碌的工作告一段落，空出時間的意思。

會話

👧 今、手が空いてる人いるかしら？できたらこっちの仕事を手伝って欲しいんだけど…。

現在有人有空嗎？想麻煩你們幫忙這裡的工作……。

👦 先輩、私ちょうど今手が空きましたから、手伝いますよ〜！

前輩，我現在正好有空，我來幫妳吧〜

MORE

還可以換成「暇ができる」、「仕事が一段落する」與「仕事に切りがつく」等的詞彙。另外，在日本的商務郵件中，想表達「若您有空的時候」可以用「お手すきの際に」這個表達方式；這個說法來自「手が空く」（有空閒）這個慣用語。

PART 4

仕事篇

129

手がない
人手不足、束手無策

指①沒有人手幫忙做事②沒有方法或手段。使用「手」的慣用語非常多，常用來表示工作、關係、方法與時間等等，意思有很多。

 會話

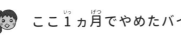

なんか最近、バタバタしてますよねぇ。繁忙期だから仕方ないけど…。

> 感覺最近忙得不可開交。雖說是繁忙期，無可奈何……

ここ 1 ヵ月でやめたバイトの子が多くて、忙しい時期なのに手がないのよ。

> 這一個月　許多兼職人員辭職，正當忙碌時期，卻沒有人手啊！

MORE

「バタバタする」是非常方便的詞！也是日本人常用的表現喔。

它的意思是「忙得焦頭爛額」、「手忙腳亂」。由於日本人很少使用直截了當的表達方式，所以不會直接說「忙しい」而會說「バタバタする」或「バタつく」這樣比較柔軟的表現。

例如：「最近引越しでバタついていて、なかなか連絡できなくてごめんなさい」（很抱歉最近因為搬家，忙得焦頭爛額，沒什麼時間聯絡你）或是「朝はいろいろとやることがあって、バタバタしてしまうのよね」（早上有很多事要做，總是會手忙腳亂）。

28

頭角を現す
斬露頭角

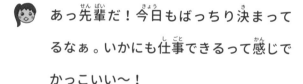

解説

形容學問或才能比他人優秀，在人群中特別突出。

會話 -

 あっ先輩だ！今日もばっちり決まって　　是前輩！今天也把工作做得
るなぁ。いかにも仕事できるって感じで　　很好，給人一種能幹的印
かっこいい～！　　象，好帥喔～！

彼、新人のときはパッとしなかったの　　部長說他在新人時期還不太
に、研修以降、めきめき**頭角を現して**き　　起眼，但研修之後就開始斬
たって部長も言ってた。素敵だよねぇ。　　露頭角了。真是厲害呢～

MORE

「頭角」指的是「頭頂」或「獸角」。這句慣用語衍生自「在群獸之中，動物頭比其他身體部位更為突出、顯眼」的意思。

另外，這句慣用語時常與「めきめき」這個副詞一起使用，表示「成長、進步顯著」的樣子，因此這個副詞只用在「めきめき上達する」或「めきめき成長する」等表示「成長、進步」的語詞之中。「台頭する」也是意思相似的詞，形容「某股勢力興起，開始壯大」的樣子。

白紙に戻す
はく　し　　　　もど

回到原點

解說

「白紙」如字面所示，意為「什麼字都沒寫的白紙」，
はくし
因此用來形容回到原本的狀態或是什麼也沒有時的
狀態。

會話

 その条件じゃ、到底この提案を呑むことはできま
じょうけん　　　　　　　　ていあん　の
せんね。

這種條件……恕我不能接受這個
提案。

 そちらがそうおっしゃるなら、この話は一度白紙
はなし　いち ど はくし
に戻しましょう。
もど

您要是那麼說的話，那這件事情
就取消吧。

NOTE

會話裡的「提案を呑む」這個表現，有「飲む」及「呑む」這兩種寫法。
ていあん　の
這邊就說明它們的不同吧。
「飲む」：不論是液體還是固體，沒有咬就吞下去的情況。
の
例：「薬を飲む」（吃藥）、「お茶を飲む」（喝茶）。
くすり　の　　　　　　　　　　ちゃ　の
「呑む」：平常不能直接喝下的東西，硬是整個吞進去的情況。大口大口豪邁地喝。
の
例：「蛇が蛙を呑んだ」（蛇吞下青蛙）、
へび　かえる　の
「水を一気にがぶがぶと呑んだ」（一口氣喝下很多水）。
みず　いっき　　　　　　　の
「呑む」則會用在各式各樣的比喻之中：
の
①壓倒。例：「雰囲気に呑まれる」（被氣氛壓倒）。
ふん い き　の
②接受。例：「提案を呑む」（接受提案）。
ていあん　の
③壓抑情緒不表現出來。例：「涙を呑んで我慢する」（吞下眼淚忍耐）。
なみだ　の　　　　　が まん
④被覆蓋而看不見事物。例：「波に呑まれて、彼の姿が見えなくなった」（被浪濤吞噬，
なみ　の　　　　　かれ　すがた　み
看不見他的身影）。

30

花_{はな}を持_もたす

給人面子

解説

指將名聲、榮譽讓給對方的意思。用在讓步，或將功
勞讓給對方的時候。

會話

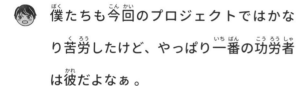

僕_{ぼく}たちも今回_{こんかい}のプロジェクトではかな
り苦労_{くろう}したけど、やっぱり一番_{いちばん}の功労者_{こうろうしゃ}
は彼_{かれ}だよなぁ。

雖然我們在這次企劃裡也挺
拼命的，不過功勞最大的果
然還是他。

そうね、今回_{こんかい}は彼_{かれ}に花_{はな}を持_もたせてあげま
しょうよ。

我想這次就把功勞讓給他
吧。

MORE

這個慣用語的典故來自短歌會上所唱詠的「連句_{れんく}」。連句是種集體創造的文字遊戲，規則是某一
人唱「五、七、五」的上句，而對手則思考適合的用字，唱出「七、七」的下句。其中可用在句
子裡的自然景物中，「花_{はな}」具有特別意義，能詠唱「花_{はな}」的只有地位較高的人，因此決定主題時
往往會將「花_{はな}」的句讓給特定的人，最後流傳了「花_{はな}を持_もたせる」這個慣用語。

弁が立つ
べん　　た

能言善道

解説

用來形容善於演講或論說。

會話

👩 最近あの政治家、よくテレビで見るように　　最近很常在電視上看到那位
さいきん　　　　　せいじか　　　　　　　　　み

なったなぁ。　　政治家呢！

👨 あぁ、彼はまだ若いけど**弁が立つ**し、<u>頭</u>　　雖然那位政治家相當年輕，
かれ　　　わか　　　べん　た　　　あたま

<u>も切れる</u>。将来有望だな。　　但說起話來口若懸河、思維
き　　　しょうらいゆうぼう　　　　　　　　　　清晰，將來定能成就大事。

NOTE

「頭が切れる」意指「思考敏銳」、「腦筋動得快」或「可以快速解決各種問題」等意思。
あたま　き

「切れる」這個詞有非常多種意思，並不是只有切東西的意思喔！例如：
き

①施加力量，把連接在一起的東西分開

②受傷或是出現裂開的縫隙

③腦筋動得很快，具有處理問題的能力

④產生非常棒的效果

PART

5

動き・態度篇

嗚嗚嗚……
怎麼辦啦！！
大家都討厭我……

1 相槌を打つ
隨意答腔

解説

對方說話時配合著說「嗯嗯」、「這樣啊」等等的動作就叫作「相槌を打つ」。

會話

 うん…へえ…そうなんだぁ…

嗯……嘿……是喔……

 ねぇ、ちゃんと聞いてる？適当に相槌を打つのやめてよね。別なこと考えてるでしょ。

你有在聽嗎？別隨便附和我，你是不是在想別的事！

MORE

「相槌」是江戶時代的用語，槌是種敲打用的建築工具。在鍛刀時，打鐵師傅會用槌子敲擊刀刃，而弟子必須抓住節奏，在師傅的敲擊間敲下槌子，這個動作被稱為「相槌」。後來便演變為「回答對方問題」或「配合對方說話」的意思。

記住讓對方感到愉快的附和方法「さしすせそ」吧！

「さ」：「さすが」（不愧是～）。認同對方的實力。不過要注意有時候不能對長輩或上司等使用，否則很失禮喔！

「し」：「しらなかった」（我都不知道）。用於稱讚對方的學問淵博，有些時候就算知道也要裝不知道。

「す」：「すごい」（好厲害）。讓對方覺得自己是這個場合必要的存在，有的時候人受到他人依靠時，會變得更有幹勁、更具自信。

「せ」：「絶対」（一定）。徹底認同對方，肯定對方所說的話。

「そ」：「そうですね」（說得沒錯）。不要否定對方，接受對方的說法。

2

揚げ足をとる

抓話柄、挑毛病

解説

用來表示拿對方話中語病或一些小錯，不斷地苛責對方。多具有貶義，用在嘲諷對方等場合。

會話

 見てみて、また彼が先輩に説教されてる…。

你看看，他又被前輩說教了……

 先輩は正しいかもしれないけどさぁ、いつも彼の提案の揚げ足をとって、彼が言い返せないようにするんだ。嫌な感じだよね。

前輩或許是對的，但每次都愛挑他提案中的小錯，讓他說不出話，感覺真令人不爽。

MORE

語源來自相撲和柔道。當對方為了施展技巧而抬起腳時，這隻腳就稱為「揚げ足」。而抓住「揚げ足」並擊倒對手的樣子，就衍伸為挑對方語病並挖苦對方的意思。

足元を見る
あし　もと　　　　み

看穿弱點

解説

表示發現對方弱點趁機利用。由於帶有狡猾、作弊的
語感，所以不能算是好的形容。

會話

 昨日駅前に新しくできたジュエリーシ
きのう　えきまえ　　あたら
ョップ行ったのよ。予算をちゃんと伝え
い　　　　　　よさん　　　　　　　　　つた
たんだけど、微妙に予算より高い商品を
　　　　びみょう　よさん　　たか　しょうひん
勧められたり、一点しかないからって強
すす　　　　　　いってん　　　　　　　　　ごう
引に勧めてきたりさぁ…。
いん　すす

昨天我去了站前新開的珠寶
店。雖然我告訴他們預算，
但他們總是推薦我比預算高
一點點的商品，或是推銷只
剩下一個的商品……

 あの店ってね、客の足元を見て商品を高
　　　　　みせ　　　　　きゃく　あしもと　み　しょうひん　たか
く売りつけるらしいわよ。
う

那間店好像總是趁機哄抬價
格，再賣給客人喔。

MORE

在過去，日本常見的移動方式是坐轎子或騎馬。擔任抬轎人或馬夫的人只要看旅人的腳，就能判
斷對方的疲累程度，藉此拉抬價格。若旅人累得筋疲力盡，再貴也會選擇坐上去。後來便演變為
「看穿對方弱點」的意思。

4

頭が下がる
心生敬佩

表示非常敬佩對方。就跟「お辞儀をする」一樣，帶有尊敬、感念對方的意思。

會話 -

 あの子、最近毎日遅くまで図書館で勉強してるなぁ。

她最近每天都在圖書館唸書唸到很晚。

 学年トップの成績なのに努力も惜しまないし、彼女には頭が下がるよ。

她的成績是學年第一，但從不懈怠，我非常欽佩她。

MORE

「頭が上がらない」跟「頭が下がる」的意思完全顛倒，必須多加小心。雖然「頭が下がる」是感謝、尊敬的意思，但「頭が上がらない」是感到愧疚，無法與對方站在同等立場的意思。

5

網の目をくぐる
逍遙法外

 解説

形容悄悄行動，而且不被警察發現或牴觸法律。

 會話 -

日本全国（にほんぜんこく）で警察（けいさつ）が取（と）り締（し）まってるって
いうのに、まだ犯人（はんにん）が捕（つか）まってないなん
ておかしいわよね。

> 日本全國的警察都在追緝犯人，但奇怪的是到現在還沒抓到他。

あの凶悪犯（きょうあくはん）は、網（あみ）の目（め）をくぐって海外（かいがい）へ
逃亡（とうぼう）してしまったっていう噂（うわさ）だよ。

> 謠傳那個窮兇惡極的罪犯，已經躲過查緝、潛逃出境了。

MORE

「網（あみ）の目（め）」意思是細網的孔，引申為森嚴的包圍網或嚴格的法律。

這邊再介紹幾個形容「壞事、壞人」的諺語或慣用語。

「悪事千里（あくじせんり）を走（はし）る」：壞事傳千里。形容做壞事後，消息會在很短時間內傳遍大街小巷，甚至是
千里之遠的地方。這邊的「千里（せんり）」指的是非常遙遠的距離，比喻廣大的社
會。

「悪事身（あくじみ）にかえる」：自作自受。自己做的壞事最終還是會報應在自己身上，折磨自己。

「悪（あく）に強（つよ）ければ善（ぜん）にも強（つよ）し」：會做壞事的人本來就具有堅強的精神，所以悔改後，反而會變成
令眾人跌破眼鏡的大善人。

6

息の根を止める
斬草除根

解説

用來表示徹底殺死對方、不讓對方有機會復活，或是
擊潰對方，使對方無法重新站起來。

會話

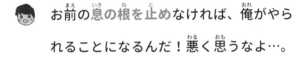

お前の息の根を止めなければ、俺がやら
れることになるんだ！悪く思うなよ…。

如果不斬草除根宰了你，
就換我被幹掉了！別怪我
啊……。

や、やめろ…俺を殺してもまだまだ仲間
がいるんだぞ…！

住、住手……就算殺了我，
我可還有許多同伴……！

MORE

「息の根」指的是呼吸或性命。跟「息の根を止める」意思雷同的還有「闇に葬る」（葬送在黑暗中）、「始末する」（解決）以及「血祭りにあげる」（作為血祭），不論哪一個聽起來都有點恐怖呢！其中「始末する」還有多種意思：

1. 不好的結果
「あなたを信用して任せたばっかりに、この始末よ」（我信任你才交給你去辦，卻搞成這樣子）。
2. 對待
「あの新人、ちょっと性格が難しくて、始末に困るんだよなぁ」（那個新人個性有點難搞，不知道該怎麼對待他）。
3. 殺死
「あいつを始末しろ」（把那傢伙宰了）。

息を呑む
いき　の

倒抽一口氣

解説

形容非常驚訝，不由得屏住氣息。這裡使用的漢字是「呑む」，表示抽象的意義，而「飲む」則用在實際喝了什麼的時候。

會話

昨日プロボクシングの試合見に行ったんだって？

聽說你昨天去看職業拳擊手的比賽了？

そうなんだ！実力の違いに思わず息を呑んだよ！

對啊！讓我為實力的差距驚嘆得倒抽一口氣！

MORE

非常驚訝時，會出現「瞬間倒吸一口氣」的身體反應吧。這個呼吸的動作就衍生為「息を呑む」這個慣用語。下列也都是意思相同的慣用語：

「絶句する」：啞口無言。形容非常驚訝、呆若木雞的樣子。

「肝を冷やす」：感到危險，膽戰心驚的樣子。

「唖然とする」：對意料外的事感到驚訝，目瞪口呆的樣子。

8

息を吹き返す

いき　ふ　かえ

重新活過來、復甦

解説

不只是人的性命，也能用在事物上。沒有生機的東西
又重新再生的情況，都可以用這個慣用語。

會話

あれ…俺、どうしてこんなところで寝て
おれ　　　　　　　　　　　　　　　　　　　ね
るんだっけ…？

奇怪……為什麼我會睡在這
種地方……？

川に落ちたのよ！私が必死で心臓マッ
かわ　お　　　　　　　わたし　ひっし　しんぞう
サージして、やっと息を吹き返したんだ
いき　ふ　かえ
から！もうバカ！

你掉到河裡了！我拼死命按
壓心臟你才終於活了過來！
你這個笨蛋！

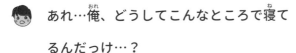

MORE

「息」常見於各種慣用語中，不過大多數都指「生命」或「呼吸」，或是「再生」、「死」或「結
いき
束」等意思。
這邊再介紹幾個使用「息」與「呼吸」的慣用語：
いき　　こきゅう
「消息を絶つ」：形容人遇難或行蹤不明；不知道此人身在何處。
しょうそく　た
「息筋張る」：形容非常憤怒，或是相當努力的樣子。
いきすじ　は
「呼吸を計る」：把握最恰當的時機。
こきゅう　はか

色眼鏡で見る
いろ　めがね　　み

帶著有色眼光，判斷人事物

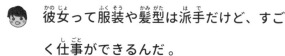

解説

帶著偏見看待事物，或在見面前就先入為主地判斷人或物。

會話

彼女って服装や髪型は派手だけど、すごく仕事ができるんだ。

雖然她穿著跟髮型很華麗，但工作做得很好。

部長はすぐに人を色眼鏡で見るところがあるからなぁ、どんなに仕事ができてもあの部長の下では出世できないかもしれないなぁ。

不過部長總是帶著有色的眼光看人，或許不論工作做得再棒，在那位部長下面做事都沒辦法出人頭地的。

MORE

帶著有顏色的眼鏡來看人事物，就沒辦法看見正確的顏色（不帶偏見）了。當有人用「偏見」這個濾鏡看待他人時，就可以用這個慣用語。

10

浮き足立つ

慌慌不安

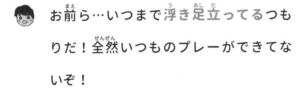

解説

用來形容感到不安，隨時想逃或失去冷靜的樣子。也可以形容感到雀躍，興高采烈的樣子。

會話

お前ら…いつまで浮き足立ってるつもりだ！全然いつものプレーができてないぞ！

喂，你們！要浮躁到什麼時候？！完全沒有把往常的水準表現出來啊！

だって監督！憧れの大会に初出場できただけで、嬉しくって嬉しくって！

哎呀，教練～我們可以初次參加這夢寐以求的賽會，就超級開心的了！

MORE

「浮き足」是腳跟不踩在地上，踮著腳尖的狀態。這個狀態很不穩定，於是就用來形容無法冷靜的人。
順便補充，「つま先」指的是腳趾尖的部分，而手指尖則是「指先」。要注意的是「手先」是指「手指的動作」或是「某人部下」的意思喔！

11 後ろ指をさされる

後（うし）ろ指（ゆび）をさされる

指指點點

解説

被人在背後說壞話。

會話

ねえ奥（おく）さん聞（き）いた？あそこのおうちの娘（むすめ）さん、離婚（りこん）して出戻（でもど）ってきたんですって。

太太妳聽說了嗎？那戶人家的女兒，離了婚就回來娘家了。

まったく…ここみたいに田舎（いなか）だと、離婚（りこん）したっていうだけで後（うし）ろ指（ゆび）さされるのよね。住（す）みづらいなぁ。ほっといて欲（ほ）しいわ。

真是的……在這種鄉下，光是離婚就會被人在背後說閒話，住起來真不舒服。希望妳們別管人家了啦！

MORE

在日本，離過婚的人會用「バツイチ」（離過一次婚）或「バツニ」（離過兩次婚）來形容。
在日本離婚後就等於離開戶籍，這時候在戶籍上會打上「バツ」（叉叉）以作記號；也就是說「バツ」是表示離婚的意思，而「イチ」就是被打上幾次叉叉的次數。

12

大きな顔をする

神氣十足、面無愧色

解説

用來形容人擺架子，或做了壞事卻滿不在乎的態度。

會話

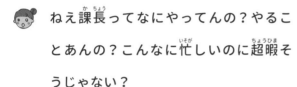 ねえ課長ってなにやってんの？やることあんの？こんなに忙しいのに超暇そうじゃない？

欸，課長在幹什麼？他有事做嗎？明明大家都很忙，他看起來卻很閒啊？

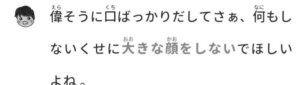 偉そうに口ばっかりだしてさぁ、何もしないくせに大きな顔をしないでほしいよね。

他就只會出一張嘴，什麼事也不做，真希望他別光在那擺架子。

MORE

「大きな顔」指的是態度囂張、驕矜自滿，或是滿不在乎的樣子。

下列都是意思雷同的慣用語：

「そっくり返る」：形容突出肚子、身體後仰，有如國王般的態度；也就是擺架子。

「空威張り」：雖然毫無實力，卻裝出自以為是的態度。

「大きな口をきく」：不考慮自己立場，淨說些不負責任的大話。

13

大目に見る
<ruby>大<rt>おお</rt></ruby><ruby>目<rt>め</rt></ruby>に<ruby>見<rt>み</rt></ruby>る

網開一面

解説

形容不責備某人的失敗，反而原諒對方，寬容地接受
對方的錯。

會話

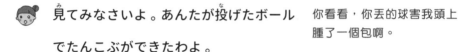

<ruby>見<rt>み</rt></ruby>てみなさいよ。あんたが<ruby>投<rt>な</rt></ruby>げたボール
でたんこぶができたわよ。

你看看，你丟的球害我頭上
腫了一個包啊。

<ruby>本<rt>ほん</rt></ruby><ruby>当<rt>とう</rt></ruby>にすみませんでした。<ruby>今<rt>こん</rt></ruby><ruby>回<rt>かい</rt></ruby>のことは
どうぞ<ruby>大<rt>おお</rt></ruby><ruby>目<rt>め</rt></ruby>に<ruby>見<rt>み</rt></ruby>てください。

真是非常抱歉，這次的事還
請您網開一面。

MORE

「<ruby>大<rt>おお</rt></ruby><ruby>目<rt>め</rt></ruby>」的「<ruby>目<rt>め</rt></ruby>」指的是「篩子的網眼」。篩子的功用是放入顆粒物並搖晃，篩出顆粒的大小，
因此網眼若很大，不論大小顆粒都會穿過去，最後從「放寬條件、不深究」的意思中，衍生出了
「<ruby>大<rt>おお</rt></ruby><ruby>目<rt>め</rt></ruby>に<ruby>見<rt>み</rt></ruby>る」這個慣用語。

14

お茶を<ruby>濁<rt>にご</rt></ruby>す
<ruby>茶<rt>ちゃ</rt></ruby>

模糊焦點

解説

形容隨便說些話搪塞，試著敷衍了事的樣子。

會話

さっきからするどい<ruby>質問<rt>しつもん</rt></ruby>ばかりされて
るなぁ、あの<ruby>講師<rt>こうし</rt></ruby>。たじたじじゃないか
。

從剛剛開始那位講師就被問到許多尖銳的問題，看起來畏畏縮縮的。

<ruby>途中<rt>とちゅう</rt></ruby>から<ruby>お茶<rt>ちゃ</rt></ruby>を<ruby>濁<rt>にご</rt></ruby>したような<ruby>回答<rt>かいとう</rt></ruby>ばっ
かりだね。

他的回答從途中就開始模糊焦點了。

MORE

語源來自「<ruby>茶道<rt>さどう</rt></ruby>」。不懂茶道禮儀的人常常直接把茶拌濁，卻裝成像抹茶的樣子試著打圓場唬弄過去，因此衍生出這句慣用語。用到「<ruby>お茶<rt>ちゃ</rt></ruby>」的慣用語非常多，這邊就介紹幾個吧！

「<ruby>余<rt>あま</rt></ruby>り<ruby>茶<rt>ちゃ</rt></ruby>に<ruby>福<rt>ふく</rt></ruby>あり」：某人留下的東西可能藏有意料之外的幸福，所以早早就開始爭奪是很愚蠢的事。意思接近「好酒沉甕底」。

「お茶を<ruby>挽<rt>ひ</rt></ruby>く」：沒事可做，非常閒的意思。

「お<ruby>茶<rt>ちゃ</rt></ruby>の<ruby>子<rt>こ</rt></ruby>さいさい」：意指「非常簡單」。「お<ruby>茶<rt>ちゃ</rt></ruby>の<ruby>子<rt>こ</rt></ruby>」指的是與茶一同端出的茶點。小點心不會吃飽，吃起來輕鬆愉快，從而衍生出「很簡單」的意思。

顔色を伺う

察言觀色

解説

表情會透露心中的想法，這個慣用語便是用來形容留
意對方的表情、猜測對方情緒的樣子。

會話

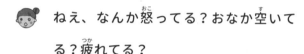

ねえ、なんか怒ってる？おなか空いて
る？疲れてる？

你在生氣嗎？餓了嗎？是不
是累了？

ほっといてくれないか。そんなに人の顔
色ばかり伺って生きているのは疲れな
いの？

可以不要管我嗎。總是像那
樣看人臉色生活，不會覺得
很累嗎？

MORE

下列慣用語也都有類似的意思：
「ご機嫌取り」：做出討人喜歡，巴結對方的言行
※ 這個說法有貶義，用在做事態度比一般人更卑躬屈膝，只求他人喜愛的樣子。
「胡麻をする」：形容拍別人馬屁，讓自己有利可圖。

16

鎌をかける

套話

解説

意思是不露聲色地誘導對方，讓對方不自覺說出自己
想知道的資訊。

會話

 私がやりました…。

是我做的……。

 ばかめ。『目撃者がいる』と鎌をかけた
だけだ。やっと自白しやがったな。

蠢貨！我只是用『有目擊
者』這句話來套你話而已，
現在你終於招了吧。

MORE

這個慣用語語源眾說紛紜，這邊介紹其中一個。「かまし」這個字意思是喧鬧、吵雜，加上「ひ
っかける」（欺騙）後就有「讓對方說個不停，套出情報」的意思，最後演變成「かまをかける」
這個慣用語。

釘をさす
くぎ

叮嚀再三

解説

為避免之後發生問題，事先叮嚀對方的意思。

會話

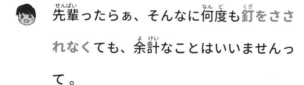

先輩ったらぁ、そんなに何度も釘をささ
せんぱい　　　　　　　　　　　　なん　ど　くぎ
れなくても、余計なことはいいませんっ
　　　　　　　よけい
て。

前輩……不用如此再三叮
嚀，我不會多嘴的啦！

どうだか！いまいち信用できないのよ
　　　　　　　　　しん　よう
ね、あんた口が軽いから！
　　　　くち　かる

是嗎？真的很難信任你吔，
因為你很大嘴巴！

MORE

日本以前的木造建築不會使用釘子，而是採用直接在木材上鑿洞，讓木材彼此嵌合的工法，不過
自鎌倉時代起，為了安全開始會打入釘子以防萬一。而到了江戶時代，「釘をさす」就衍生為反
　　　　　　　　　　　　　　　　　　　　　　　　　　　　　　　　　くぎ
覆叮嚀的意思。

18

口裏を合わせる
口徑一致

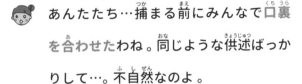

解説

同伴彼此間先商量好對外談話的內容，以免產生矛盾。「口裏あわせ」則是其名詞形式。

會話

あんたたち…捕まる前にみんなで口裏を合わせたわね。同じような供述ばっかりして…。不自然なのよ。

你們……在被捕前就串供好了吧。每個人的口徑都一致，聽起來真不自然。

知りませんって。真実を話してるだけですよ。

就說我不知道了嘛。我只是說出實情罷了。

MORE

「口裏」意思是口風，從對方的口氣中聽出他的真意。原本寫為「口占」，意思是「聽別人的話來占卜吉凶」，後來演變為從表面話裡察覺真心話的意思。
相似的慣用語還有「気脈を通じる」，意思是「彼此私下聯絡，互相串通」。「気脈」指的是「血管」，常用來比喻心情或彼此之間的關聯。

19

口車に乗る

くち ぐるま の

聽信花言巧語

 解説

用來形容因花言巧語而上當的人。因為是相信對方而蒙受損失，所以是具有貶義的詞。

 會話

え～！あの子、彼と付き合いだしたの？

什麼～！那女生居然跟他交往了？

悪い人だってあんなに忠告したのに…
まんまと彼の口車に乗せられちゃったね。

我明明就再三勸告她那個人不好…但她還是被花言巧語所騙了。

MORE

「口車」意思即是花言巧語，表示用來恭維或欺騙別人的好聽話。由於是用好聽的「言い回し」（措辭）來讓自己獲利，所以用「車」（有輪子可旋轉）來借喻而組成「口車」這個詞，而再用「乗る」（乘坐）車子來形容隨意聽信他人的樣子。下列也都是意思相似的語彙：

「口先でまるめこむ」：說好聽話欺騙對方。
「甘言で釣る」：說些對方愛聽的話，引誘他人。
「言いくるめる」：用花言巧語讓對方信任自己，再欺騙對方。

20

口を割る
くち わ

坦白招供

解説

用來表示說出秘密與真相，或是坦承自己所做過的惡行惡狀。

會話

それ以上話すな！口を割ったらお終いだ！
い じょう はな　　　　　くち わ　　　　　　しま

別再說了！如果坦白一切就完了！

こんなに追い詰められたらもう後がないよ…話して楽になりたいんだ…。
お つ　　　　　　　　あと　　　　　　　はな　　らく

像這樣被逼到走投無路已經沒救了……我想說出來讓自己舒服一點啊……。

MORE

會話中的「後がない」（走投無路）有「沒有餘力」、「已經無法挽回」或「沒辦法再輸下去」等含意。以下是意思差不多的語詞：
「自白する」：犯人承認對自己不利的事實。
「白状する」：說出秘密或自己所做的壞事。
「ゲロする」：原本是「從嘴裡吐出食物」的意思，但在警察之間當成「犯人承認犯罪事實」的隱語使用，久而久之也就成了一般人使用的語詞。

NOTE

會話中的「後がない」（走投無路）有「沒有餘力」、「已經無法挽回」或「沒辦法再輸下去」等含意。

21

けりをつける

作出決斷

解説

對難以解決的事做出結論，決心要結束的意思。

會話

彼と別れたんだって？

そうなの…すがりつかれてめんどくさかったわ。早いとこけりをつけて、早く立ち去りたい気持ちでいっぱいだったわよ。

聽說妳跟他分手了？

沒錯……再繼續糾纏下去很麻煩，我只想盡快做個了結，一心想趕快離開這個地方。

MORE

自古流傳至今的和歌或俳句常在句子最後接上「〜けり」，據說就是由此衍生出「けりをつける」這個表示結束某事的慣用語。另有一個非常相似的慣用語為「かたをつける」，不過雖然相似，但仍有微妙的差異，使用時要多注意喔！

「けりをつける」：對沒辦法輕易決定的事情，最後做出某個結論並完成此事。用在就算過程發生很多事情，但最後還是順利結束的情況。

「かたをつける」：對某事做出結論並完成此事。用在確實處理好事情，找到明確答案的時候。尤其會用在「以金錢擺平事情」的情況。擺平事情的情況。

22

腰をすえる
定下心來

解説

用來形容穩穩地坐下來，聚精會神地專注在一件事情上的樣子。

會話

今週末は何か予定あるの？久々の連休だね。

這個週末有什麼行程？難得的連續假期呢。

天気もよくなさそうだし、この機会に腰をすえて本を読もうと思うの。

天氣看起來不是很好，我想趁這個機會定下心來好好讀書。

MORE

自古以來就認為「腰」是身體最重要的部位之一，因此許多諺語中都用來借指做了某個動作。
「腰をすえる」即表示重要的腰部穩定下來，細心地處理一件事物。

腰を抜かす

嚇軟了腰

解説

形容腰使不上力而站不起來，或是因為驚嚇而腿軟的樣子。

會話

この間、大きな事故が目の前で起きてさぁ…本当にショックで腰を抜かしてしまった。

前陣子在我眼前發生相當嚴重的事故……真的把我嚇得腿軟了。

無理もないよ。君が無事で本当によかった。

嚇到也是當然的啊……你沒事真是太好了！

MORE

如同前述，「腰」是身體的重要部位，可說支撐了整個下半身。加上「抜かす」則有了遭受精神打擊，腦部像是短路般暫停思考，讓身體一時之間失去力氣的意思。

24

<ruby>小<rt>こ</rt></ruby><ruby>耳<rt>みみ</rt></ruby>に<ruby>挟<rt>はさ</rt></ruby>む

偶然聽到

解說

形容沒有刻意去打聽，只是偶然聽到消息。

會話

 あの２<ruby>人<rt>ふたり</rt></ruby>、なんだか<ruby>深刻<rt>しんこく</rt></ruby>にこそこそと<ruby>話<rt>はな</rt></ruby>してるわね。

那兩個人好像悄悄地在說什麼很嚴重的事。

 <ruby>小耳<rt>こみみ</rt></ruby>に<ruby>挟<rt>はさ</rt></ruby>んだんだけど、あの子、<ruby>会社辞<rt>かいしゃや</rt></ruby>めようと<ruby>思<rt>おも</rt></ruby>ってるらしいわよ。

我只是偶然聽說的，那個人似乎想要辭掉公司的工作。

MORE

「<ruby>小耳<rt>こみみ</rt></ruby>」的「<ruby>小<rt>こ</rt></ruby>」是「稍微」的意思。
另有一個「<ruby>耳<rt>みみ</rt></ruby>に<ruby>入<rt>い</rt></ruby>れる」的慣用語，是將「<ruby>知<rt>し</rt></ruby>らせる」（告知）說得較為有禮、婉轉的說法，多用在把自己留意的事或秘密情報告訴「地位較高者」的時候。對比自己地位還高的人說「<ruby>知<rt>し</rt></ruby>らせたいことがあります」（我有事想告訴您）時，可以採用更謙虛的說法：「<ruby>少々<rt>しょうしょう</rt></ruby>お<ruby>耳<rt>みみ</rt></ruby>に<ruby>入<rt>い</rt></ruby>れたいことがございます」。

しらを切る

装不知情

解説

雖然知情，但刻意裝作不知道的樣子。意思相同的還有「しらばっくれる」這個單字。

會話

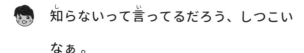

知らないって言ってるだろう、しつこいなぁ。

我就說我不知道啊，真煩人。

いつまでそうやって**しらを切る**つもり？浮気してることはわかってんだからね！そのうち尻尾をつかんでやるわ。

你想裝蒜到什麼時候!? 我知道你一定有出軌！我遲早都會逮到你的狐狸尾巴。

MORE

「しらを切る」的「しら」用來比喻「不知道」的意思。
「しらを切る」的「しら」是「知らぬ」（不知道）的意思。
會話中出現的「尻尾をつかむ」（抓住狐狸尾巴）這個表現的意思則是「抓住某人藏匿的壞事或秘密的證據」。

26 白い目で見る
しろ め み

冷漠以對

PART 5

動き・態度篇

解説

表達用冷淡的眼神看，或眼中帶有惡意、給白眼。

會話

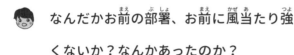

なんだかお前の部署、お前に風当たり強
まえ ぶ しょ まえ かぜ あ つよ
くないか？なんかあったのか？

總感覺你的部門對你評價很
差耶？發生什麼事了？

ちょっと…大きな失敗のせいで同じ部
おお しっ ぱい おな ぶ
署のみんなに迷惑をかけることになっ
しょ めい わく
てしまって、白い目で見られてんだよ。
しろ め み

嗯⋯⋯因為我犯了大錯，給
同部門的同事們添了麻煩，
所以他們現在對我都很冷
淡。

MORE

典故是中國古代三國時期的魏國思想家，竹林七賢之一的阮籍。根據《晉書・阮籍傳》所載，阮
籍會翻白眼（冷眼）看自己不喜歡的客人，而對喜歡的客人則用青眼（溫和的態度）對待。後世
便用白眼看人來比喻冷淡的態度。

高をくくる

不屑一顧

解説

預估某物或某人的實力很低，不當一回事。

會話

昨日のパーティにきた彼女、見た！？

你看到昨天來派對的那個女生了嗎!?

見た見た！びっくりしたわよ。あの子は普段地味だと高をくくっていたら、実はすごく綺麗でセンスがよくてさぁ！

看到了！嚇了我一跳。那女生平時不太起眼，所以我也沒當一回事，原來她非常漂亮，而且品味十足！

MORE

這裡的「高」指的是「生産高」（產量）或「残高」（餘額）等物品數量或金額的總合。「くくる」是整理或為事物作結的意思。也就是說「高をくくる」整句的意思是「估量大概這個程度」，帶有隨便地預測，並有輕視其分量的感覺。

28

棚にあげる

装不知情

解説

佯装不知道對自己不利、不方便的事情，或用在不著手進行該做的事，只是將其擱置一旁的情況。

會話

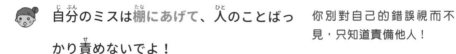

🧑 自分のミスは棚にあげて、人のことばっかり責めないでよ！

你別對自己的錯誤視而不見，只知道責備他人！

🧑 いやいや、それとこれとは別の話じゃないか…。

話不是這麼說的吧，那個跟這個不是沒什麼關係嗎……

MORE

這句話的典故來自商業買賣。有些人做生意的時候把看起來會漲價的商品收起來，把商品「棚に上げる（放到架上）」保管在倉庫裡，避免商品流通到市面來調整市場的供需。因為這些商品大家都看不到，所以後來便借代為「不利、不方便的事情」。

力を入れる
ちから　い

拼命努力

 解説

形容拼命努力，致力於做某事。

 會話 --

ママ、あいつは今回随分勉強しているよ
こん かい ずい ぶん べんきょう
うだなぁ。

孩子的媽，那小子這次挺拼命讀書的嘛。

そうなのよ、ご飯もろくに食べないの。
はん　　　　　た
前回のテストでは成績が落ちてしまった
ぜんかい　　　　　　せいせき　お
から、今回は特に苦手な英語に力を入れ
こんかい　とく　にがて　えいご　ちから　い
ようと思っているっていってたわ。無理
おも　　　　　　　　　　　　　　む り
しすぎないといいんだけど…。

對呀，連飯都沒有好好吃。他上次考試的成績往下掉，所以這次想特別加強不拿手的英文。希望他不要太勉強自己……

NOTE

會話中的「ろくに～ない」這個表現的意思是「沒有充分、好好地做～」。另外還有「ろくすっぽ～ない」的用法。

MORE

「ろく」的語源據說是從「陸」這個字而來。「陸」原意為「平坦」，後來演變為「沒有歪曲，相當正確」或「充分」的意思。
りく

30 力を落とす<ruby>力<rt>ちから</rt></ruby>を<ruby>落<rt>お</rt></ruby>とす

感到沮喪

解説

形容覺得氣餒，無精打采。

會話

わぁ…<ruby>今回<rt>こんかい</rt></ruby>で<ruby>何社目<rt>なんしゃめ</rt></ruby>？また<ruby>不採用<rt>ふさいよう</rt></ruby>かぁ…そんなに<ruby>力<rt>ちから</rt></ruby>を<ruby>落<rt>お</rt></ruby>とさないで。そのうち<ruby>何<rt>なん</rt></ruby>とかなるわよ。

哇……這次是第幾間？又是不錄取啊……別感到這麼氣餒，船到橋頭自然直啦。

15<ruby>社目<rt>しゃめ</rt></ruby>…<ruby>受<rt>う</rt></ruby>けた<ruby>企業<rt>きぎょう</rt></ruby>からことごとく<ruby>不採用<rt>ふさいよう</rt></ruby>の<ruby>知<rt>し</rt></ruby>らせが<ruby>届<rt>とど</rt></ruby>くと<ruby>死<rt>し</rt></ruby>にたくなってくる。

第 15 間……所有應徵的企業都寄來不錄取的通知，真讓我想死……

MORE

日本的就業活動中，來自企業的不錄取通知裡通常最後會有一句「○○<ruby>様<rt>さま</rt></ruby>の<ruby>今後<rt>こんご</rt></ruby><ruby>益々<rt>ますます</rt></ruby>のご<ruby>活躍<rt>かつやく</rt></ruby>をお<ruby>祈<rt>いの</rt></ruby>り<ruby>申<rt>もう</rt></ruby>し<ruby>上<rt>あ</rt></ruby>げます」（祝福○○今後能有活躍的表現）。也因此這種信件被就業活動中的學生們稱為「祝福信」，而讓人恐懼不已。

31 手に負えない
束手無策

解説

表示自己的能力無法應付的事物。也能說成「手に余る」。

會話

 だめだ！こんなんじゃ絶対に納期に間に合わない！別なチームに応援を頼もう！

不行了！這樣下去絕對趕不及交期！請其他團隊幫忙吧！

そうね、もう私たちでは**手に負えない**わ…部長に相談しましょう！

的確，光靠我們已經無法應付了……還是跟部長商量吧！

MORE

日本企業中工作的最終提出期限有「納期」（交期）、「締め切り」（截止日）或「デッドライン」（死線）等說法。因為每個業界的說法都不同，所以多看連續劇等等，仔細聽並學習各種用法吧！

32

二の足を踏む

猶豫不決

 解説

形容躊躇不前，因為害怕而畏畏縮縮的樣子。

 會話

👩 な、なんだか思ったより高級そうなレストランね…本当にここを予約したの？

這間餐廳好、好像比想像中還高級啊……真的是預約這間嗎？

👦 確かに web サイトでここを予約したけど…二の足を踏んでしまうほど豪華な店構えだね…。

我在網站上的確是預約這間……但店面看起來豪華得讓人猶豫要不要走進去呢……

MORE

「二の足」意思是第二步，表示雖然踏出第一步，但還在煩惱要不要踏出第二步的模樣。以下是類似的慣用語：

「毒気を抜かれる」：吃驚愣住。

「気を呑まれる」：在精神上被震慑。

「射すくめる」：使對方感到畏縮，嚇得一動也不動。

「たじたじになる」：感到困惑，或被對方威壓而畏畏縮縮的模樣。

33

拍車をかける
加快事情進展

解説

對現在狀況的進展速度感到不滿，於是做了某些推動
進展的事。

會話

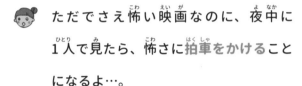
ただでさえ怖い映画なのに、夜中に
1人で見たら、怖さに拍車をかけること
になるよ…。

這部電影已經很恐怖了，要
是半夜一個人看，那恐怖程
度就更上一層了……

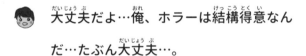
大丈夫だよ…俺、ホラーは結構得意なん
だ…たぶん大丈夫…。

別怕，我對恐怖類型的片
很拿手……應該沒問題
啦……。

MORE

「拍車」是指騎馬者裝在靴跟上用來控制馬的一種金屬配件。外形像是齒輪，只要刺到馬的肚子
上，就能催促馬跑得更快，因此後來衍生為「提升事物速度、強度」的意思。

34

腹を抱える

捧腹大笑

解説

形容看到很好笑的事而忍俊不禁，最後哈哈大笑的樣子。

會話

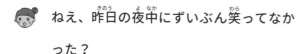

ねえ、昨日の夜中にずいぶん笑ってなかった？

你昨天半夜是不是笑得很開心？

いやぁ、やっぱり昨日のホラー映画すごく怖くて、その後お笑い番組を見たんだ。そしたらすごくおもしろくて、久しぶりに腹を抱えて笑ったよ。

哎呀，昨天的恐怖片真的很嚇人，後來我改看搞笑節目了。沒想到非常好笑，害我好久沒笑得東倒西歪了。

MORE

意思相同的還有「爆笑する」、「腹の底から笑う」與「笑い転げる」。
也順便一起看看跟笑有關的擬聲擬態語吧！
「どっと笑う」：突然笑出聲的樣子
「にやにや笑う」：不發出聲音、微笑的樣子（帶有一點令人討厭的感覺）
「くすくす笑う」：偷偷竊笑的樣子
「にこにこ笑う」：開心地笑嘻嘻的樣子
「にたりと笑う」：不發出聲音，只笑了一下的樣子
「にんまり笑う」：感到滿意而笑的樣子

35

本音を吐く

ほん ね は

吐露真心

解説

坦率說出內心的感情，或是坦白隱瞞至今的事。。

會話

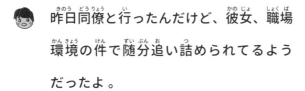

昨日同僚と行ったんだけど、彼女、職場
きのう どうりょう い かのじょ しょくば
環境の件で随分追い詰められてるよう
かんきょう けん ずいぶんお つ
だったよ。

昨天我跟同事去看她，她好像被職場環境的事逼到窮途末路了。

同僚の前で**本音を吐いて**たしなぁ…心
どうりょう まえ ほんね は しん
配だね。
ぱい

畢竟她都在同事面前表露心聲……真擔心她。

MORE

「吐露する」也是相同意思。「吐」念成「はく」，漢字由「口」與「土＝土發草木＝冒出」組成，
とろ
也就是「從嘴巴吐出」的意思。「露」這個漢字表達「つゆ」（露滴）或「あらわにする」（顯露）
的意思，原義是「掉落的雨」，最後引申為「隱藏的東西顯現」的意思；因此這兩個字合在一起
就是「吐出隱藏的事，讓事情現形」。

形容篇

哇～那位大哥哥，好像明星喔！

1

あごが落ちる
お

非常好吃

解説

形容品嚐美味食物的樣子。「ほっぺたが落ちる」的
お
意思也一樣。

會話

どう？私のおすすめのケーキ！
わたし

怎麼樣？我最推薦的蛋糕！

すっごくおいしい！おいしくてあごが

落ちそう！
お

超好吃的！好吃得不得了！

MORE

另有一個看起來很像的慣用語「あごが外れる」，但意思完全不同喔！「あごが外れる」指的是
はず　　　　　　　　　　　　　　　　　　　　　　　　　　　　　　　　　　はず
「笑得合不攏嘴」。

吃好吃的東西時，雙頰靠耳朵附近（下顎根部附近）會覺得有點麻麻的吧。據說這是因為好吃的
東西會引起唾液腺進行分泌喔！然後好吃的東西也讓人想要吃一大口，塞得嘴巴滿滿的吧。下顎
根部麻麻的，然後整個嘴巴都想塞滿食物，最後感覺會因為重量讓下顎掉下來。據說這兩點就是
「あごが落ちる」（下巴掉下來）這個慣用語的由來。

②

足が地に着く
あし　ち　つ

腳踏實地

解説

意思是心情或思緒沉穩，堅定冷靜的狀態。這個慣用
語也可用否定形「足が地についていない」來表達靜
不下心，想法不切實際。

會話 -

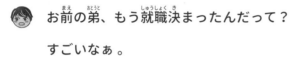

お前の弟、もう就職決まったんだって？

すごいなぁ。

聽說你弟弟已經找到工作
了？真厲害！

そうなんだよなぁ。昔から弟は足が地に

着いている考え方をしているからさ。俺

も見習わなくちゃなぁ。

的確如此。從以前開始弟弟
總是抱持著腳踏實地的態
度，我也要向他多學習。

MORE

「地に足がつかない」這個表現往往使用否定形，意思與「足が地についていない」相同，都是
形容沉不住氣、缺乏冷靜的樣子。另有「浮き足立つ」這個相似的慣用語，意思為「感到惴惴不
安，隨時想逃跑」或是「無法冷靜」。想表達沉不住氣時還能改用「地に足がつかない」這個說法。
想表達「對某事感到期待、興高采烈的樣子」可用「浮き立つ」這個字。雖然看起來很像，不過
「浮き足立つ」是因為不安而無法冷靜，「浮き立つ」則是開心得靜不下來，各位要注意其中的
差異喔！

3

足が棒になる

脚痠、肌肉緊繃

解説

形容長時間走路或站立，腳的肌肉累得非常僵硬、緊繃。

會話 --

ダイエットのためにいつもバスで出勤する道を歩いてみたら、思ったよりも遠くて足が棒になったわ…。

我為了減肥，試著走走看平常坐公車通勤的路，沒想到比想像還遠，腳痠得不行……

当たり前よ～普段から運動不足な上に、そんなヒールで歩いたら疲れるに決まってるわ。

那是當然的～妳平常運動不足，又穿高跟鞋走路，一定會走得很累呀。

MORE

與流行有關的日文幾乎都是外來語！

最近不斷增加多種時髦的服裝，如果記起來，逛街時就很開心。這邊就介紹幾種女用鞋的說法。

「ハイヒール」：高跟鞋，一般指的是鞋跟高於 7cm 的鞋子。

「ミドルヒール」：低於 7cm 的鞋子，則是中跟鞋。

「パンプス」：低跟鞋，鞋跟很低的鞋子。

「ミュール」：穆勒鞋，後腳跟沒有釦具的涼鞋。

「ローファー」：樂福鞋，皮革製，沒有鞋帶的鞋子。

「サンダル」：涼鞋，一般夏天穿，露出腳的開放式鞋子。低跟的可以稱為フラットサンダル（平底涼鞋）。

4

後味が悪い
あと あじ わる

難以釋懷

BAD ENDING

解説

形容某件事結束後，留下讓人不愉快的感覺，沒辦法釋懷。

會話

 昨日、あの話題の恋愛映画を観たんだけどさ…。

我昨天看了那部蔚為話題的戀愛電影……

 あ～あれね！私も観たけど…最後は誰も幸せになれなくてさ…なんとも後味が悪いよね。

那部啊～我也看過了……最後所有人都得不到幸福，總覺得難以釋懷啊。

MORE

吃完東西留在口中的味道稱為「後味」（餘味）。如果吃到不好吃或味道奇怪的東西，那留在口中的味道，就很惹人厭了；後來便衍生出這個慣用語。

若對事情的結果感到遺憾、不快，可以換句話說用「モヤモヤする」這個表現。「モヤモヤ」非常方便，只要是形容「不知道原因，就是感覺悶悶不樂」或「心裡有疙瘩，說不上來為什麼」的情況，都可以用這個表現。譬如：跟朋友吵架又和好，但總感覺不太能接受、心情不暢快時，就可以說「う～ん…なんだかモヤモヤする」（嗯……總覺得好煩啊）。

穴があくほど見つめる

目不轉睛

解説

形容集中精神，長時間盯著某事物。

會話

ほらほら見て…また彼、学級委員長のこと見てる。

你看看他，他又在看班長了。

好きなことバレバレだよね。いつも穴があくほど見つめちゃって。

誰都看得出來他喜歡班長呢，他平常總是緊緊凝視著她。

MORE

意思相同的還有「じろじろ見つめる」、「まじまじと見つめる」以及「食い入るように見つめる」。雖然以下這三個動詞都是「看某個東西」的意思，但要注意用法不同喔！

「見る」：透過視覺認知到某物。具有「観察する」（觀察。即是「因為有個小朋友自己一人在畫畫，所以我看他在畫什麼」）、「調べる」（調查。即是「仔細看看哪裡有可疑之處」）或「判断する」（判斷。即是「我再看看要買哪件衣服）等涵義。

「見つめる」：不移開視線，一直看著某物。集中精神看某件事物的樣子。

「眺める」：不只看某個點，而是眺望進入視野內的整個畫面。也能用在一邊看某物，一邊思考其他事情的時候。例如：「空を眺めながら、彼女について考えていた」（望著天空的時候，也想著她）。「眺める」比「見つめる」更帶有發愣、散漫的印象，所以想事情的時候用「眺めながら」是更適當的說法！

6

痛（いた）くも痒（かゆ）くもない

不痛不癢

解説

形容沒有感到任何苦痛，完全沒事。用在沒受到任何影響，可以保持平靜的時候。

會話

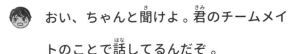 おい、ちゃんと聞（き）けよ。君（きみ）のチームメイトのことで話（はな）してるんだぞ。

喂，聽著！正談論你的隊友的事哦。

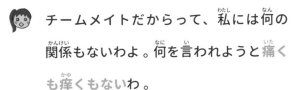 チームメイトだからって、私（わたし）には何（なん）の関係（かんけい）もないわよ。何（なに）を言（い）われようと痛（いた）くも痒（かゆ）くもないわ。

正因為在說的是隊友的事，和我沒有什麼關係吧。就算被說了什麼，我也沒有什麼感覺。

MORE

這個慣用語是將肉體上的痛、癢轉為精神上的形容。「痛痒（つうよう）を感（かん）じない」這個說法雖然較困難，但意思相同。「蛙（かえる）の面（つら）に水（みず）」也是意思相同的諺語，形容「不論遇到什麼事都不在意，無動於衷」。典故來自無論怎麼潑青蛙水，青蛙都不會感到討厭的模樣。這個諺語主要用來諷刺「厚臉皮的人」或「目中無人的人」。

7

至れり尽くせり

無微不至

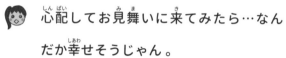

解説

形容做事非常周到，盡己所為做到最好的樣子。

會話

😊 心配してお見舞いに来てみたら…なんだか幸せそうじゃん。

因為擔心你才跑來探病，不過你看起來挺幸福的啊。

😟 いやぁ事故に遭った時はどうなることかと思ったんだけどさ、本当に至れり尽くせりの看護で身も心も立ち直ることができたよ。

遭遇事故時我還以為沒救了，不過住進醫院後真的是受到無微不至的照顧，讓我身心都還能再站起來。

MORE

這句話的出處來自莊子這位道家始祖所寫的《莊子‧內篇》中的〈齊物論〉，表示「無需多加贅物，完美的狀態」。

莊子這號人物創造了許多名言佳句，流傳到後世成為俗諺，譬如「井の中の蛙、大海を知らず」（井底之蛙不知大海）這句話非常有名，也是日本很常見的表現，意思是「受限於狹隘的思維，不知道廣闊的世界，自以為自己住的地方就是世界的全貌」。從住在小小井底的青蛙不曉得大海的存在這件事，可用來「批評觀點或思維狹隘的人」。

8

いばらの道
_{みち}

困難重重

解説

形容達到目標的過程非常艱難、刻苦的樣子。想走完長滿荊棘的路，的確很艱辛呢。

會話

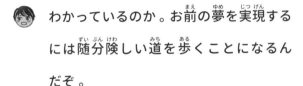

わかっているのか。お前の夢を実現するには随分険しい道を歩くことになるんだぞ。

你真的了解嗎？為了實現你的夢想，你必須走上很艱困的路啊！

わかってるよ父さん。いばらの道を歩く必要があるだろうけど、負けないで最後までがんばりたいんだ。

早有覺悟了！爸爸。雖然未來困難重重，但我想要堅持到最後。

MORE

「茨」這個漢字意思是「玫瑰、枳等有刺灌木的總稱」，或是「下部曲線呈尖刺狀突起的東西」。而且這個字還是有趣的象形字！上面草冠的部分是「生長的草的形狀」，而下面「次」則是「嘆息的人的形狀」！

9

腕が鳴る

うで　な

躍躍欲試

解説

形容對自己的實力有信心，忍不住想快點發揮實力的
樣子。

會話

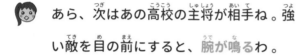

あら、次はあの高校の主将が相手ね。強
い敵を目の前にすると、腕が鳴るわ。

哇～下次比賽的對手是那所
高中的主將啊。強敵在前，
令人躍躍欲試呢！

わぁ…男女混合試合はいいけど、次の対
戦相手の女の子、強そうだなぁ。

……雖說是男女混合競賽，
不過下一位要對戰的女生感
覺很強啊。

MORE

「腕に覚えがある」的意思也相同，表示對自己的實力有自信。

有許多用來形容對自己實力有自信的表現，在戰鬥系漫畫等作品的台詞中很常出現，各位不妨從
中多多學習！譬如「手だれ」（技能高超）或「腕利き」（本領高強）就常用在強大的劍士或戰
士身上，意思是「非常熟練、能幹」。只要了解台詞意思，漫畫看起來才會更有趣喔！

10

尾ひれをつける
加油添醋

解説

形容加油添醋，誇大事情的發展。

會話

あれ！こんなところにいて大丈夫なの？重病で病院に担ぎ込まれたって噂を聞いたから、お見舞いに行こうと思ってたのよ！

奇怪！你在這種地方沒事吧？我聽說你生重病被送到醫院了，本想說要去探病的！

いや…ただ風邪をひいただけなんだけど…いつのまにか話に尾ひれがついて噂になってたみたいね。大丈夫よ。

沒有……我只是得了感冒……似乎不知道何時被加油添醋傳出去了。其實我沒事啦！

MORE

魚的「尾」或「鰭」都是附在身體外面的器官，所以「尾ひれをつける（加上尾鰭）」用來比喻「加上並非事實的故事，誇大其辭」；而例句裡的「尾ひれがつく」是自動詞，用來形容謠言自動地被散播了出去。

顔が立つ
保住面子

解説

表示保住某人的顏面，沒有傷害到對方的名譽。如果是刻意為對方而做，那可以使用他動詞的「顔を立てる」。

會話

やっぱり先輩はすごいですね！今回のプレゼンも大成功じゃないですか！

果然前輩很厲害！這次的簡報做得很成功不是嘛！

いやぁ…自分の失敗のせいで危機的な状況にはなったが、何とか切り抜けて社内で顔が立った…。よかった…。

沒這回事……雖然因為自己的失誤陷入危機，不過總算度過難關，在公司內保全了顏面……。太好了……

MORE

「立てる」有讓事物保持良好狀態的語感，後來演變為不損及對方顏面，保全面子的意思。跟「顔が立つ」相像的慣用語還有「面子を保つ」，而「面子」也有「成員」的意思。原指在說打麻將時的玩家，不過現在只要是玩遊戲或必須多人進行的事情都可以用「面子」來表示參加者。
例如：「今度の日曜にキャンプに行こうと思うんだけど、面子そろうかなぁ」（這個星期天我想去露營，湊得齊人數嗎）。
例如：「飲み会のときの面子で、また集まろうよ」（就照之前酒會的成員再聚一次吧）。

12

かべ　つ　あ
壁に突き当たる

碰壁

解說

形容碰上無法輕易解決的障礙，難以再前進的狀態；
或工作及思考走進死胡同的樣子。

會話

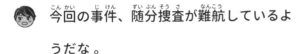

こん かい　じ けん　　　　ずい ぶん そう さ　　なん こう
今回の事件、随分捜査が難航しているよ
うだな。

這起事件的偵查進展似乎碰
上困難了。

かん ぜん　　　かべ　つ　あ
完全に壁に突き当たってしまったらし
　　　　そう さ かん　あたま　かか
いな。捜査官が頭を抱えているよ。

好像完全碰壁了。連搜查官
都一個頭兩個大。

MORE

　　　　　　　　　　い
「にっちもさっちも行かない」也有相同意思。「にっちもさっちも行かない」是算盤用語，「に
っち」指的是二進，也就是 2 除 2，「さっち」則是三進，也就是 3 除 3，不論哪一個答案都是 1。
　　　　　　　　　　　　　　　　　にっち　さっち　い
而 2 跟 3 都除不盡的便稱為「二進も三進も行かない」，表示計算無法一致的意思。最後用來形
容商業上金錢周轉不靈，難以行動。

13 首を突っ込む

くび　つ　こ

投身於…

解説

表示對某事抱持興趣並插手參與的樣子。

會話

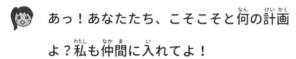

あっ！あなたたち、こそこそと何の計画よ？私も仲間に入れてよ！

啊！你們到底在偷偷計畫什麼？也讓我參加啊！

いいか、今回の件にあまり首を突っ込むな。危ない立場になるぞ。

聽好了，別插手這次的事件，否則你的立場會變得岌岌可危。

MORE

「足を突っ込む」、「手を出す」也都是「與某事扯上關係」的意思。

這兩個都是與壞事扯上關係時所用的詞，給人的印象都不好。

接下來介紹的慣用語原本不論好壞，都只有「產生關聯」的意思，但在小說或戲劇的影響下，已開始給人有些小題大作的印象。

「一枚噛む」：與某事物有一定關係。

「片棒を担ぐ」：參與某個計畫或工作（通常是指犯罪等壞事）。

「一役買う」：毛遂自薦接受某種角色或任務。

14

水泡に帰す

化為泡影

解説

用瞬間便消失的泡泡來比喻至今為止的努力、辛勞完全沒用。

會話

おい、そんなに気を落とすなよ。大会まで怪我を治すことだけ考えようぜ。

別這麼沮喪，到大賽前只要想著怎麼養傷就好。

だめだ…もう間に合わないよ。三年間がんばって練習してきたのに、大会前に怪我をするなんて…僕の努力も汗も涙も全てが水泡に帰したよ。

不行，已經來不及了。努力練習了三年，卻在大賽前受傷……我的努力、汗水淚水全都化為泡影了。

MORE

意思相同的還有「水の泡」、「棒に振る」、「元の木阿弥」等等。

一起來看使用「水」的慣用語及諺語吧！

「湯水のように使う」：像用水一樣揮霍某物（尤其是錢財）。揮金如土。

「呼び水になる」：成為某事物開始的契機。

「寝耳に水」：因意料外的事大吃一驚。

「水を打ったよう」：就像對塵土飛揚的地面潑水，讓灰塵全部落地一樣。
　　　　　　　　　　形容許多人頓時鴉雀無聲的樣子。

「水に流す」：將以前的事當作沒發生過，不再追究。既往不咎。

雀の涙
すずめ　なみだ

屈指可數

 解説

據說「すずめ（麻雀）」的「すず」源自形容「小」的「ササ」這個字，而「め」則表示「群集」或「鳥」，因此「すずめ」本身就是「很小」的意思。這麼小的鳥流出的眼淚，的確適合形容「非常少」呢！

會話

やっとボーナス出たわね～！どうだった？！増えた？！

終於發獎金了～！怎麼樣!? 有變多嗎!?

全然よ…どこも不景気だからか、期待してたのに、本当に雀の涙だったわよ…。

完全沒有……不知道是不是各行各業都不景氣，期待這麼久的年終獎金，竟然這麼微薄……

MORE

「ボーナス」（bonus）一字源自拉丁語，現在已是常見的日語詞彙了。若要用純粹的日語表達相同意思有「賞与」（獎金）這個詞。

日本給年終獎金這個習俗，據說起源自江戶時代的盂蘭盆節與年尾，送給徒弟或僕人的「お仕着（主人發的衣服）／氷代、餅代（夏冬之際的小額獎金）」或是「小遣い錢」（零用錢）。

16

立つ瀬がない

無地自容

解説

表示自己沒有立場或臉面的意思。

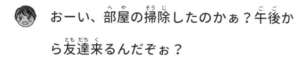

會話

 おーい、部屋の掃除したのかぁ？午後から友達来るんだぞぉ？

喂，你打掃房間了嗎？下午不是有朋友要來嗎？

したわよ。そもそもあんたみたいにだらしないヤツから「部屋が汚い」って言われたら、私の立つ瀬がないわよ。

掃了啦。如果就連你這麼邋遢的人，都說我房間很髒，我真的是無地自容。

MORE

「瀬」的意思是河川水深較淺，可以行走的淺灘。「連人可以站立的淺灘都沒有」便衍生為「失去立場」的意思。這個慣用語也有「狀況惡化」的意思。而意思相似的還有「針の筵」（如坐針氈）這個表現。

「針の筵」指的是「處在很痛苦的地方、面臨很辛苦的狀況」。「針」比喻的是「批判或來自周圍嚴厲的視線」；「筵」則是指「蓆子」，借指「坐下的地方」。所以整句意思是「面臨的狀況就像坐在滿是針的地方」，這麼聽起來還真是令人感到不舒服呢～！

盾／楯をつく・盾／楯つく

頂撞反抗

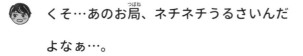

解説

表示反抗長輩或地位較高者，不老實順從的意思。

會話

くそ…あのお局、ネチネチうるさいんだよなぁ…。

可惡……那個女老鳥，嘮嘮叨叨地吵死人了……

彼女は上にも顔が利くし、変に楯つくと後が怖いよ。ここは大人しく言うことを聞いておこうよ。

她跟上司的關係很好，隨便頂撞她的後果不堪設想。這裡還是乖乖聽她的話吧。

MORE

「盾」／「楯」（盾牌）是抵禦敵人刀槍、箭矢的防具。在戰爭中，把盾牌立在地上奮力抵抗對方攻擊的模樣，就成「楯突く」這個字的語源。

18

血が上る

怒火中燒

解説

形容相當憤怒，整張臉氣到發紅的樣子。

會話

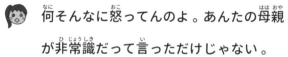

👧 何そんなに怒ってんのよ。あんたの母親が非常識だって言っただけじゃない。

幹嘛那麼生氣。我只是說你母親很沒常識啊。

👦 自分のことは何を言われてもいいけど、親を悪く言われると血が上ってしまうんだよ。家族のことを悪く言うのはやめてくれないか。

隨便別人怎麼詆毀我都行，但批評我的家人我一定大為光火。你可不可以不要說我家人的壞話。

MORE

意思相同的還有「逆上する」、「腹が立つ」、「激昂する」。

形容「生氣」的詞語很多，在這邊就讓我們一起看看形容詞的用法吧！

「腹立たしい」：「腹が立つ」的形容詞形。意思是令人氣憤。

「忌々しい」：非常不愉快，心情很糟糕。

「憤ろしい」：相當憤怒，氣憤難平。

「苛立たしい」：事情不順利，相當煩躁的樣子。

手玉にとる

玩弄他人

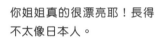

解説

操弄他人做出對自己有利的事，或玩弄他人。

會話

👧 あなたのお姉さんって、本当にきれいよねぇ。なんだか日本人離れしてるわね。

你姐姐真的很漂亮耶！長得不太像日本人。

👧 確かに、お姉ちゃんは綺麗だしスタイルもいいけど、性格に問題があってさ…いつも男の人達を手玉にとっては遊びまわっているのよ。

是沒錯，雖然我姐姐漂亮、身材又好，但個性有點問題……她總是玩弄男人於手掌心上。

 MORE

「手玉」是種在小布袋裡裝入紅豆，給小朋友玩的小沙包。從雜技師可以自由自在地玩小沙包的模樣，衍生出「自由玩弄他人」的意思。

日本的壓歲錢「お年玉」這個詞，據說源自以前將供奉過歲神的糕餅撒下來給小孩子吃的習俗「御歲魂」。另外也有糕餅是在一年的最初分給大家，作為每年最早禮物「賜物」而衍生出「お年玉」的說法。

20 手（て）に汗（あせ）握（にぎ）る

提心吊膽

 解説

形容看或聽到某事，情緒激動、緊張的模樣。

 會話

うわぁ、この映画（えいが）スリルがあるなぁ！

哇，這部電影真是驚險萬分啊！

手（て）に汗（あせ）握（にぎ）る展開（てんかい）ってこういうことね！

故事的確是緊張刺激得讓人手心冒汗呢！

MORE

你知道「汗（あせ）」也有很多種嗎？

「温熱発汗（おんねつはっかん）」（溫熱性出汗）：感到熱或是運動後，為了調節體溫流出的汗。除了手掌、腳掌之外，全身都會流這種汗。

「精神性発汗（せいしんせいはっかん）」（精神性出汗）：因為壓力或緊張等精神刺激所流的汗。腋下、手掌、腳掌等處會出這種汗。

「味覚性発汗（みかくせいはっかん）」（味覺性出汗）：吃辣或酸的食物時會冒的汗。出汗部位主要是額頭或鼻子。

21

手も足も出ない

一籌莫展

解説

這句慣用語用以形容「某個遠超過一己之力，且無論怎麼處理，都無法解決的局面」。

會話

 やっとテスト週間終わったなぁ～！どうだった？

考試週終於結束了～！考得怎麼樣？

 いやぁ、今回のテストは難しすぎじゃないか？特に最後の問題には手も足もなかったよ。

這次的考試會不會太難了？尤其是最後那一題，讓我一籌莫展。

MORE

「ぐうの音も出ない」也有類似的意思，表示「完全無法反駁或辯解」。

「ぐう」是「呼吸塞住時發出的聲音」，而呼吸塞住會很痛苦吧，所以引申為「痛苦時發出的聲音」。雖然這是表現人的狀態的「擬聲語」，但同時也是表現痛苦精神狀態的「擬情語」。或許各位很少聽到「擬情語」這個說法，不過以下這些都是擬情語：

「ひやひや」：形容恐懼、無法冷靜的心情。

「びくびく」：形容害怕發生某些可怕的事或壞事的心情。

「やきもき」：形容擔心目前的狀態不知會如何演變，煩躁焦慮的心情。

22

手（て）を貸（か）す

伸出援手

解説

表示救助遇到困難的人，或單純幫忙他人。

會話

 大丈夫（だいじょうぶ）ですか？手（て）を貸（か）しますよ。

您還好嗎？讓我幫您吧。

 ありがとうございます。この辺（へん）は道（みち）に段差（さ）（だん）が多（おお）くて…ベビーカーだと動（うご）きづらくて困（こま）ってたんです。助（たす）かります。

謝謝你。這附近的路高低不平……我推著嬰兒車實在很不方便。真是幫了我大忙了。

MORE

「手助（てだす）けする」、「助（たす）け舟（ぶね）を出（だ）す」和「支援（しえん）する」也都有幫忙他人的意思。

從以前開始，在日本就將幫助他人的人稱為「長腿叔叔」，典故正是美國女性作家珍・韋伯斯特 (Jean Webster，1876-1916) 在 1912 年發表的兒童文學作品。這個故事在日本家喻戶曉，內容是某位在孤兒院成長的少女孤兒與資助她的資產家之間的信件往來。因此後來在日本對女孩伸出援手（尤其是金錢面上）的人（主要指男性）就會稱之為「長腿叔叔」。很多時候對資助學生的團體或贊助者，也會用「長腿叔叔」來稱呼。

峠を越す
とうげ　こ

度過難關

解説

形容度過事情最難熬的時期，脫離非常危險的狀態，
能看出接下來事情的發展；或表示高峰已過，事情漸
漸趨緩。

會話

 あれ…俺、どうしたんだっけ？ここど
こ…？

奇怪……我怎麼了？這裡是
哪裡……？

 事故に遭ったのよ…かなり危ない状態
だったけど、やっと峠を越したみたい。
よかったわ…気がついてくれて！

你遭遇事故……雖然狀態一
度非常危急，但幸好看起來
順利度過難關了。你能醒來
真是太好了！

MORE

從「越過山頂後，接著就是下坡」這個情景中衍生出這個慣用語。同樣描述「跨越危機」這個意
思的慣用語還有「山場を乗り切る」。
「山場」有以下這幾個意思：（1）在某事物中最重要的場面（2）最精彩的地方（3）最令人緊張
的場面。因此與「峠」不同，除了不好的意思外，還能用在其他各式各樣的場合。例如：「今回
のプロジェクトも山場を乗り切ったから、後は楽なもんだよ」（這次的計畫只要撐過這個難關，
接下來就輕鬆了）。
另外，使用「山」的慣用語裡還有「山を張る／掛ける」，意思是「下一場風險很大的賭注」，
而這裡的「山」指的是「礦山」，猜測某處有座富含金銀等貴重礦脈的山，砸錢下去開採；因此
用來「形容時間、金錢花在虛無飄渺的事物上」。這也是很常用來形容考前猜題的說法喔！例如：
「時間もないし、今回は山を掛けて勉強するよ」（沒時間了，這次就考前猜題趕快惡補吧），
這句例句的意思是：猜測考試會出的問題，然後只讀這個部分。

24

とりつく島がない

無法搭話

解説

形容沒有可倚靠的事物，就算拜託對方或與對方商量，對方的態度也很冷漠，沒有機會好好說話的樣子。

會話

わからないところをいろいろ教えて欲しいのに、先輩は忙しいからといってとりつく島がないんだよなぁ、困ったなぁ。

我本希望前輩可以教我各種事情，但前輩說他實在太忙了，沒怎麼理我，真傷腦筋。

先輩ってちょっと冷たいよな。

那位前輩確實有些冷淡呢……

MORE

這句話源自「漂流海上，放眼望去，皆是海，沒有可以避難的小島」這種狀況。航海中有島可以登陸，是船員想活下去最重要的關鍵；當船員陷入危機，「最可靠的地方」就是「島」了。以下是意思相近的慣用語：

「にべもない」：冷淡，愛理不理。「にべ」是魚的名字（黃姑魚）。黃姑魚的魚鰾相當黏。「黏著力強」的這一特點，後來便引申為「與他人關係親密」；因此「にべもない」就表示「沒有建立很親近的關係」。

「けんもほろろ」：冷淡拒絕別人請求與商量的樣子。

「歯牙にもかけない」：無視、不理睬對方，不視為問題。

「木で鼻をくくる」：冷漠地招待別人。

根も葉もない

ね は

無憑無據

解説

表示沒有任何根據可以證明是事實。

會話

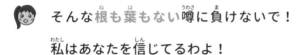

👧 そんな根も葉もない噂に負けないで！
私はあなたを信じてるわよ！

不能向這種無憑無據的謠言低頭！我相信你！

👦 すみません…先輩、もう耐えられないです。会社辞めます…。

對不起……前輩，我真的已經受不了了，我要辭職……

MORE

若無植物的「根」也就沒有長出來的「葉」，意指從頭到尾都是假的。

這句話常用在「根も葉もない噂」等沒有根據、空穴來風的謠言，而「デマ」也是意思完全相同的詞。

原本意指在政治上故意放出毫無事實根據的情報，而到了現在日常生活中那些隨便捏造的假消息也可以用「デマ」來表示。順帶一提，這個字是「煽動」、「煽動政治」的德語「Demagogie」省略而來的外來語，日本早在昭和初期就已開始使用「デマ」這個字了。

26 歯が立たない

不是對手

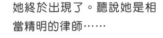

解説

用來形容對方相當難纏，憑自己的實力難以對抗，或是問題太過困難，靠自己的能力無法理解。

會話

出てきましたね、彼女。相当やり手の弁護士らしいですよ…。

她終於出現了。聽說她是相當精明的律師……

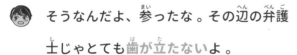

そうなんだよ、参ったな。その辺の弁護士じゃとても歯が立たないよ。

沒有錯，這下麻煩了。那些平庸的律師是無法與之匹敵的。

MORE

若食物很硬，不管牙齒怎麼咬還是不會爛，從而衍生出這句慣用語。順便來看看其他使用「歯」的慣用語及諺語吧！

「歯に衣着せぬ」：直言不諱，想到什麼說什麼。「衣」指的是洋裝、和服。

「奥歯に物が挟まる」：說話吞吞吐吐，不直接說出心中的事，像是在隱藏什麼的說話方式。藉以臼齒之間，卡著東西會說話不清的情狀，用來形容「說話不乾脆」的樣子。

「目には目を歯には歯を」：自己遭受討厭的事，就要原原本本奉還給對方。眼睛被弄傷就傷害對方的眼睛，牙齒被打斷就打斷對方的牙齒。這是最著名的復仇名言，如今則廣泛用來形容復仇。《舊約聖經・出埃及記・21 章》寫道「Eye for eye, tooth for tooth, hand for hand, foot for foot.」，不過《新約 聖經》中耶穌卻反而提出了「有人打你的右臉，把左臉也轉給他」這種勸諫不要復仇的說法。另外，在日文也有「目には目、歯には歯」的用法。

羽を伸ばす

無拘無束

 解説

卸下包袱，心情變得輕鬆，生活過得無拘無束的狀態。

會話

パパ、今日はママはお留守番なの？

爸爸，今天媽媽不在家嗎？

そうだよ。たまにはママにも羽を伸ばしてもらわなくちゃな。いつも頑張って働いて、おうちのこともやってくれてるんだから。

是啊，偶爾也要請媽媽自由放鬆地去玩樂一番。畢竟她平時努力工作，也幫我們做了很多家事。

MORE

另有一個相像的慣用語「羽目を外す」，不過這句多帶有貶義，意思是「態度驕傲，得意忘形而做得太超過」。「羽目」指的是控制馬匹時，讓馬咬在嘴裡的「馬銜」（轡頭）。若拿掉轡頭，馬就能自由自在奔跑，難以控制，而後衍生出「羽目を外す」這個慣用語。

28

一肌脱ぐ
ひと　はだ　ぬ
助人一臂之力

解說

奮力幫忙他人。

會話

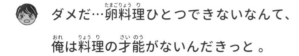

🗣 ダメだ…卵料理ひとつできないなんて、

俺は料理の才能がないんだきっと。

不行……連一個蛋料理都做不好，我一定沒有料裡才能啦。

🗣 やり方を知らないだけだよ。よし、ここは僕が一肌脱いでやるよ。一から教えてやる。

你只是不知道作法而已。好吧，我就助你一臂之力，從零開始教起吧。

MORE

過去人們認真工作時，因為和服袖子會妨礙工作，所以脫掉其中一邊會比較方便，最後便誕生了這句慣用語。句中有「肌」的慣用語還有很多喔。

「肌で感じる」：實際體驗，詳細觀察，親身體會現實中的經歷。

「諸肌を脱ぐ」：竭盡全力做某事。

「肌身離さず」：總是帶在身上。

「鳥肌が立つ」：起雞皮疙瘩。因為寒冷、不舒服或類似的情緒，手臂上的毛細孔收縮起來的樣子，如同被拔毛的雞一般。

人目につく

引人注目

解説

形容某人或某事物很顯眼，吸引大家目光。

會話 -

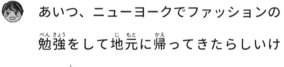

あいつ、ニューヨークでファッションの勉強をして地元に帰ってきたらしいけど、知ってたか？

他好像是去紐約學習時尚知識才回來家鄉的，你知道嗎？

こんな田舎町であんなに奇抜なファッションをしていたら、嫌でも人目につくよ。昨日商店街でも噂になってたぜ。

在這種鄉下地方展露那種奇特的時尚風格，再怎麼不喜歡，都很引人注目。昨天在商店街早就傳遍他的新聞啦！

MORE

「人の目を奪う」、「人の目を引きつける」、「目をさらう」、「人の目にまる」也都有「吸引很多人目光」的意思。

30

火に油を注ぐ

火上加油

解説

在起火時還倒油下去，一定會燒得更旺吧。用來比喻對原本已經很激烈、旺盛的事物再推一把的情況。這個慣用語只用在結果會變得更糟糕的情形。

會話

 お兄ちゃんが余計なこと言うから、火に油を注ぐようなことになるのよ！ママますます怒っちゃったじゃないの！

都是哥哥說了多餘的話，簡直就是火上加油！媽媽反而更火大了不是嘛！

 ごめんごめん、良かれと思ってさ…仲裁するつもりだったんだけど…。

抱歉啦，我只是出於一片好心，想為妳們當和事佬而已……

NOTE

「良かれと思って」意思是「帶著親切的心為別人行動」，不過這個表現會用在「實際上該行動根本沒幫到對方」的情況。

MORE

會話中的「良かれと思って」意思是「帶著親切的心為別人行動」，不過這個表現會用在行動實際上根本沒幫到對方的情況。
接著來看看與「火に油を注ぐ」意思相同的慣用語吧！
「怒りに火をつける」：言行惹已經生氣的人，更加憤怒。
「波風を立てる」：說或做些打壞氣氛的事情。
「事を荒てる」：挑起事端，刻意做些容易引起爭論的事。
「けしかける」：挑釁、煽動使狀態更加惡化。

懐が寒い

手頭緊

「懐」借指金錢。「懐が寒い」、「懐が寂しい」都是形容沒有錢的樣子，相反地「懐が暖かい」則是形容很有錢。

會話

 給料日前で懐が寒いから、悪いけど割り勘にしてくれる？

發薪日前手頭比較緊，所以雖然有些抱歉，但可以分開付嗎？

 いいけど…懐が寒いのはあんただけじゃないんだから、先に言ってよね。

沒關係……不過手頭緊的不是只有你，以後要早點說喔。

MORE

介紹其他使用「懐」的慣用語。
「懐にする」：身上帶著某些東西，或是把某東西變成自己的。
「懐を痛める」：自掏腰包。
「懐を肥やす」：做壞事滿足自己利益；中飽私囊。

32 腑に落ちない

難以接受

解説

形容總覺得無法接受，難以理解而心情鬱悶的樣子。

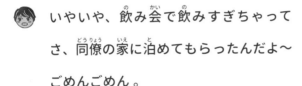

會話

いやいや、飲み会で飲みすぎちゃってさ、同僚の家に泊めてもらったんだよ～ごめんごめん。

哎呀，我在酒會上喝過頭了，請同事讓我住一晚～抱歉啦。

連絡もなしに朝方帰ってきた夫の言い訳が…なんだか腑に落ちないのよ。絶対になにか隠しているはずだわ。

丈夫沒有告知我一聲，卻到早上才回家，他的藉口實在讓我難以接受……他一定隱瞞了什麼。

MORE

「腑」即是指內臟。過去認為「腑」寄宿著思考或心靈，因此便用「腑」來表達無法接受別人意見，聽不進去的意思。

「腑に落ちない」與「釈然としない」意思幾乎一樣，連大多數日本人也不知道差別在哪，讓我們一起學習箇中差異吧！

「釈然としない」──留有疑惑、迷惘而感到悶悶不樂的樣子。「釈」是「說清楚、通暢」的意思，而「然」則表示「狀態、模樣」，因此跟否定形接在一起便有「心情不舒暢」的意思。

「腑に落ちない」──無法理解，感到困惑而不能同意的樣子。

這兩種用法最大的差別是「理解與否」。「釈然としない」意指「雖然知道情況卻仍然不能接受」，而「腑に落ちない」則指的是「若可以理解原因或情況，便能豁然開朗」。來看看以下例句吧。

例如：「今回の後輩の失敗に関しては、理由はわかったけど釈然としないな」（關於這次後輩的失敗，雖然我知道理由卻還是想不通）。

例如：「今回の後輩の失敗に関しては、理由がよくわからないから腑に落ちないな」（關於這次後輩的失敗，因為我不知道理由所以難以接受）。

33

棒にふる

ぼう

前功盡棄

解説

至今為止的努力與辛勞全都白白浪費掉。

會話 -

怪我…完治するんでしょう？
けが　かんち

いいえ、今までのようにはれないの。バレリーナになることが夢だったのに、怪我のせいで人生を棒にふってしまったわ。
いま
ゆめ
が　じんせい　ぼう

妳的傷應該能完全治好吧？

不，已經不能像之前那樣跳舞了。我的夢想是成為芭蕾舞者，卻因為受傷斷送整個人生了。

MORE

據說語源是「棒手振り」這個字，意思是用挑著擔子沿街叫賣蔬菜或魚，因為必須在當天賣完，
ぼう て ふ
最後便衍生出「什麼都沒有」的意思。

34

骨を折る
ほね　お

非常辛苦

 解説

形容做事非常辛苦，或是盡全力加油的樣子。以前如字面意思是「骨折」；相較於擦傷或割傷，骨折算是重傷了。從骨折後會很痛苦難過的樣子，現在引申為「相當辛苦、費力」的意思。

 會話

先輩、なにか手伝いましょうか？
せん ぱい　　　　　て つだ

　　前輩，有什麼可以幫忙的嗎？

うーん…お願いしようかなぁ。この量の
　　　ねが　　　　　　　　　りょう
書類を整理するのは骨が折れるわ、さす
しょ るい　せい り　　　　　　ほね　お
がに。

　　嗯……那就麻煩你好了。要整理這麼大量的文件可真是累人啊。

MORE

這句話可使用敬語表現。想對上司或長輩表達「請為了我盡力」的時候，可使用「お骨折りいた
　　　　　　　　　　　　　　　　　　　　　　　　　　　　　　　　　　　　ほね お
だく」的說法。

來看看幾個使用「骨」的慣用語吧！
　　　　　　　ほね

「骨抜きにされる」：失去努力向上的意志，變得羸弱、沒有志氣。
ほね ぬ

「骨身を惜しまず」：不辭辛勞。
ほね み　お

「骨折り損のくたびれもうけ」：徒勞無功。做了許多努力卻只換來疲累，沒有任何成效。
ほね お　ぞん

「骨と皮」：骨瘦如柴。
ほね　かわ

「骨を拾う」：替別人善後。
ほね　ひろ

35

魔が差す
まさ

鬼迷心竅

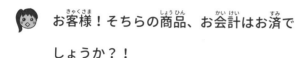

解説

形容突然生起壞念頭，或做出錯誤的判斷、行動。

會話

お客様！そちらの商品、お会計はお済でしょうか？！

客人！那個商品已經結帳了嗎？！

すみません…受験勉強のストレスで魔が差して…。

對不起……我因為考試壓力才一時起了歹念……

MORE

令人驚訝的是這句話的語源可能來自希臘語。希臘語中「agathos」這個字的意思是好，而「ma」則表示否定，合起來「maagathos」就變成「魔が差す」了。「魔が差す」即形容「好人也會在某個瞬間做出壞事」。

36

丸_{まる}く収_{おさ}まる

圓滿收場

 解説

表示事情平穩結束，問題最後圓滿解決。

會話 -

まったく…強盗_{ごう とう}でも来_きたのかと思_{おも}うほど大騒_{おお さわ}ぎだったけど、やっと仲直_{なか なお}りしたみたいだね。

真是的……大吵大鬧我還以為是強盜闖入，現在終於和好啦。

いやぁ…久々_{ひさ びさ}に壮絶_{そう ぜつ}な夫婦喧嘩_{ふう ふ げん か}だったけど、なんとか丸_{まる}く収_{おさ}まったよ。

唉……好久沒有夫妻爭吵到這麼激烈了，不過最後總算圓滿收場。

 MORE

「話_{はなし}がつく」、「折_おり合_あいがつく」也都有事情順利解決的意思。

當故事順利結束在最好的發展中，日本人就會用「收尾語」來作結，尤其在民間故事中可看到許多有趣的收尾語，這邊就介紹幾個吧。

「めでたしめでたし」：可喜可賀。事情順利結束，表達欣慰的心情。

「とっぴんぱらりのぷう」：秋田縣的民間故事在最後會用這個詞收尾，意思是「謝謝各位聆聽這個故事」。

「どんと晴_はれ」：岩手縣的故事中常見的表現，意思是「故事到此結束」。

「いちごさかえた　なべのした　ガリガリ」：新潟縣的民間故事最後會出現的收尾語，表示「故事到此結束」。

水に流す
みず　なが

既往不咎

解説

用來表示將以前的爭執、糾紛全都當做沒發生過。

會話

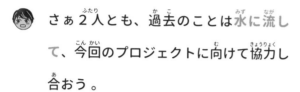

さぁ2人とも、過去のことは水に流して、今回のプロジェクトに向けて協力し合おう。

還請兩位將過去的事一筆勾銷，彼此同心協力為了這次的計畫努力吧。

ふん…彼女がそうするっていうなら、こっちだって大人になるけどね。

哼……如果她能配合，我也會乖乖照辦就是。

MORE

據說典故來自神道教的「禊」。「禊」是一種藉由沖水洗掉身上的髒汙，也一併洗掉精神上污垢的儀式。在古代的團體生活中，若所有人不能同心協力對抗自然就無法生活下去，因此若發生爭執，就會對彼此進行「禊」來和好。這個風俗最後便成為「水に流す」這個慣用語。

水を打ったよう
みず　　う

鴉雀無聲

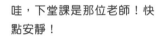

解説

形容明明有一大群人，卻都保持安靜無聲的樣子。

會話

 わっ、次の授業ってあの先生か！静かにしろ！

つぎ　じゅぎょう　　　　　　せんせい　　しず

哇，下堂課是那位老師！快點安靜！

 …さっきまでわいわいしてたのに、先生が入ってきたとたん水を打ったように静かになったな…。

せんせい　はい　　　　　　　みず　う　　　　　　　しず

……剛剛教室明明喧鬧不已，在老師走進來的瞬間就變得鴉雀無聲了……。

MORE

「水を打つ」是潑水在地面的意思。潑水後泥土濕潤，也不會再揚起灰塵了。因此這句話便用濕潤的地面來比喻「鴉雀無聲的一大群人」。

在日本的漫畫中常用「しーん」這個擬聲語來表達鴉雀無聲的樣子。最早將這個表現應用在漫畫上的正是手塚治虫，而據說其由來是「森」這個字。其實這是自古以來就存在的形容，最古老的是平假名的「しんと」。把「森」或「寂」等漢字當成借字使用是近來的事，而應用在漫畫上，則是更晚近的事情了。雖然是相當古老的語彙，但至今仍是大家持續使用的表現方式。

39

耳を澄ます

豎耳聆聽

解説

表示靜下心來，集中精神傾聽。

會話

夏休み、なにしてたの？

暑假做了什麼呢？

久しぶりにおばあちゃんの家に行ったの。耳を澄ますとセミの声や川の流れる音が聞こえてきてさぁ…日本の田舎の夏っていいなぁって思ったわ。

難得回去一趟奶奶家。在那裡只要豎耳傾聽，就可以聽見蟬鳴、河水流動的聲音……日本鄉下的夏天真棒。

MORE

「聞き耳を立てる」、「耳をそばだてる」都是仔細聆聽的意思。

那麼我們就來看看「耳を澄ます」與「耳を傾ける」這兩個相似的慣用語間有什麼不一樣的地方吧。

「耳を澄ます」：停止對話，避免發出聲音，靜悄悄地「仔細聆聽細微的聲響」。

「耳を傾ける」：這是「聞く／聴く」的慣用表現，具有聆聽、了解他人意見的意思。

40

脈がある・脈がない

有希望　沒有希望

解説

「脈」本意是脈搏。原本指的是人還活著，不過後來引申為還有希望、還能期待的意思。

會話

あれ、あの子たち、付き合い始めたの？

咦，她們開始交往了嗎？

俺、彼女が好きだったんだけどなぁ。あいつと一緒に帰ってるってことは、僕にはもう脈がないのかな。

我原本也喜歡她的。既然她現在跟那傢伙一起回家，我是不是沒希望了。

MORE

可以將這兩句轉換成「脈あり」、「脈なし」的名詞用法。

一起來看看可用在「戀愛」上的各句諺語及慣用語吧！

「秋風を吹かす」：戀情冷卻，態度冷淡的樣子。

「痘痕も靨」：情人眼裡出西施，對方的缺點看起來都像是優點。

「色気より食い気」：內在大於外在，利益比虛榮優先的意思。

「色は思案の外」：男女之情會讓人失去理智。

「一押し二金三男」：為了討女性歡心所應重視的事物順序。第一是強勁的魄力，第二是錢，第三是男子氣概。

「女心と秋の空」：不論年齡，女性的情緒就跟秋天的天氣一樣善變。

「金の切れ目が縁の切れ目」：沒有錢的時候，人際關係就會隨之斷裂。

「恋は盲目」：愛情是盲目的，戀愛使人失去理智，完全看不到對方的缺點。

「魚は海に幾らでもいる」：就算機會溜走，或被情人甩了也不要太難過。

身を粉にする
(み)(こ)

不辭勞苦

 解説

形容全力以赴，拼命工作的樣子。

會話

😮 大丈夫…？今夜で 3 徹目じゃない…？
(だいじょう ぶ)(こん や)(さんてつ め)

你還好嗎……？今天晚上已經熬夜第 3 天了不是嗎？

😨 この会社のため、身を粉にして働く所存
(かい しゃ)(み こ)(はたら)(しょ ぞん)
ですから…大丈夫っす。
(だいじょう ぶ)

若為了這間公司，我就算粉身碎骨也在所不辭……沒問題。

MORE

這句慣用語的出處是中國的佛書《禪林類纂》。書中記載「縱使粉骨碎身，努力不懈，也難報答佛祖的恩德」，是句從佛教用語而來的慣用語。

那麼這邊就來看看幾個可用在「工作」上的慣用語和諺語吧。

「当たって砕けろ」：即使不知道會不會成功，不妨就積極試著做看看的意思。
(あ)(くだ)

「雨垂れ石を穿つ」：滴水穿石，有毅力地努力到最後一定會成功。
(あまだ)(いし)(うが)

「案ずるより産むが易い」：與其瞻前顧後、事事擔心，實際做看看說不定比想像中簡單。
(あん)(う)(やす)

「石の上にも三年」：在冰冷的石頭上坐三年也會變暖和，引申為有志者事竟成的意思。
(いし)(うえ)(さんねん)

「馬には乗ってみよ人には添うてみよ」：如同馬沒乘坐過不知道是良馬還是劣馬，一個人的性
(うま)(の)(ひと)(そ)
　　　　　　　　　　　　　　　　　格好壞也要交往過才會知道。意思即為要親自體驗過
　　　　　　　　　　　　　　　　　才能知道事情道理。

「終わりよければ全てよし」：任何事情只要結果好，不論過程如何糟糕都不成問題。
(お)(すべ)

42

目がない
非常著迷

解説

若沒有眼睛就看不見事物,判斷力會下降。這個慣用語形容的就是被某事物奪去心神,喜愛到毫無抗拒能力的樣子。

會話

今度一緒に飲みに行きませんか?普段どんなお酒飲むんですか?

下次要不要一起去喝酒?您平常都喝什麼酒呢?

私、お酒が大好きで…特に日本酒には目がないんです!

我很喜歡喝酒,尤其對日本酒完全沒轍!

MORE

世界各地有許多人都喜歡喝日本酒喔!能在寒冷天暢快喝杯「熱燗」(加熱)過的酒最棒了!其實 酒隨著溫度有不同的稱呼,這裡就稍微介紹一下吧。
「熱燗」為 50 ～ 55 度
「上燗」為 45 ～ 50 度
「ぬる燗」是 40 ～ 45 度
「人肌燗」則是 35 ～ 40 度。
冷酒也有各式各樣的稱呼,有興趣的話不妨查查看!

43

目に余る
看不下去；不可勝數

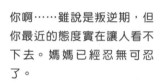

解説

形容狀況淒慘到無法漠視的樣子。另一個意思是數量
太多，沒辦法一眼看完。

會話

 あんたね…反抗期とはいえ、最近の態度 | 你啊……雖說是叛逆期，但
には目に余るものがあるわ。ママの堪忍 | 你最近的態度實在讓人看不
袋の緒も切れるわよ。 | 下去。媽媽已經忍無可忍
 | 了。

 うるせぇなぁ、関係ねぇだろ！ | 吵死了，跟妳沒關係吧！

MORE

「目」如字面所示，表示視覺或眼珠。而「余る」則有非常多個意思，如以下這幾個：
①拿走必要的數量後還有剩
②數量超過標準
③多餘的量太多，造成糟糕的結果
④超過極限或應有程度
⑤除法中除不盡的數
其中②與④分別是這個慣用語的兩個意思。

MEMO

日文實境慣用語 / 吉原早季子著；林農凱譯．
-- 初版 . -- 臺北市：日月文化 , 2020.08
　面；　公分 . -- (EZ Japan 樂學；22)

ISBN 978-986-248-903-1(平裝)

1. 日語　2. 慣用語
803.135　　　　　　　　　　　109009239

EZ Japan 樂學 22

日文實境慣用語

作　　　者：吉原早季子
譯　　　者：林農凱
主　　　編：尹筱嵐
編　　　輯：陳俐君、林高伃
校　　　對：陳俐君、林高伃
版 形 設 計：羅巧儀
封 面 設 計：羅巧儀
插　　　畫：吉原早季子
內 頁 排 版：簡單瑛設
行 銷 企 劃：陳品萱

發 行 人：洪祺祥
副 總 經 理：洪偉傑
副 總 編 輯：曹仲堯
法 律 顧 問：建大法律事務所
財 務 顧 問：高威會計師事務所

出　　　版：日月文化出版股份有限公司
製　　　作：EZ叢書館
地　　　址：臺北市信義路三段151號8樓
電　　　話：(02) 2708-5509
傳　　　真：(02) 2708-6157
客 服 信 箱：service@heliopolis.com.tw
網　　　址：www.heliopolis.com.tw
郵 撥 帳 號：19716071日月文化出版股份有限公司

總 經 銷：聯合發行股份有限公司
電　　　話：(02) 2917-8022
傳　　　真：(02) 2915-7212

印　　　刷：中原造像股份有限公司
初　　　版：2020年08月
定　　　價：350元
I S B N：978-986-248-903-1